SV

Zsófia Bán
Als nur die Tiere lebten

Aus dem Ungarischen von Terézia Mora

Suhrkamp Verlag

Die Originalausgabe erschien 2012 unter dem Titel
Amikor még csak az állatok éltek im Verlag Magvető, Budapest

Die Autorin dankt dem Literarischen Colloquium Berlin für die
Unterstützung ihrer Arbeit an diesem Buch.

Erste Auflage 2014

Satz: TypoForum GmbH, Seelbach
Druck: Druckhaus Nomos, Sinzheim
Printed in Germany
ISBN 978-3-518-42424-7

Für Kati

»Liebe ist Heimweh«
(Freud)

Frau Röntgens Hand

Anna Bertha!, rief Wilhelm.

Anna Bertha!

Keine Antwort.

Mein Gott. Diese Frau ist einfach nirgends zu finden.

Diese Frau ist einfach nirgends.

So dachte Wilhelm bitter. Sie gehorcht nicht den Gesetzen der Physik. Und die Gesetze der Physik, das bin ich. *Ich.*

Die Gesetze der Physik gehorchen mir.

(»Sitz!«)

Alles, die Logik, die Systeme, die Regeln ja, nur Anna Bertha, sie gehorcht mir nicht. Wenn ich ihr Gesicht zu betrachten versuche, verblasst sie auf der Stelle und verschwindet. Wenn ich sie fassen will, rutschen mir Fleisch und Knochen aus der Hand und verschwinden im Nichts. Husch. Gewonnen-zerronnen Anna Bertha. Das also wäre meine bessere Hälfte.

Die Hälfte von etwas, auch die bessere, das macht fünfzig Prozent. Meine Frau ist meine Hälfte, fünfzig Prozent von mir. Einen überwiegenden Teil des Tages habe ich keine Ahnung, wo sich 50 % von mir befinden, was sie machen. Ist das nicht leichtsinnig? Ist es nicht unverantwortlich, sie so loszulassen?! Sie entgleitet meiner Kontrolle, wie ein glitschiger Fisch. Dabei ist Anna Berthas Körper nicht glitschig. Anna Berthas Körper … nun, wie ist er? Obwohl Anna Berthas Körper nicht glitschig ist, entgleitet er dennoch meiner Kontrolle. Sie entzieht sich, sozusagen. Anna Berthas Körper existiert unabhängig von mir. Lebt unabhängig von mir in die Welt hinein, lässt es sich gut gehen. Unabhängig von mir schaut sie, tastet sie, greift sie, liest sie, isst sie, leckt sich den Mund, wobei ihre Zunge nur für einen Augenblick hervorschießt, wie die der Eidechse beim Verschlingen eines Insekts, gleich saugt sie sie wieder ein, in ihren weichen, feuchten, dunklen Mund, der mit nicht zu vernachlässigenden 98,9 % meines Körpers auf eine Weise verschmelzen kann, wie es sämtlichen Gesetzen der Physik vollkommen widerspricht. Wenn das geschieht, hört die Gravitation auf zu existieren, mein Körper selbst hört auf zu existieren. Ohne Ausdehnung schwebe ich im Universum, wie in einem leichten Liquid. Alles wird flüssig, homogen, es gibt keine Konturen, keine Grenzen, doch auf einmal geht von diesem gleichförmigen, kosmischen Schweben eine Art seismische Urbewegung aus, eine langsame Wellenbewegung, ein Aufbäumen, das heranzunahen und anzuwachsen scheint, und wenn es schon so nah ist, dass es sich mit seiner riesigen Masse über mir erhebt wie eine monströse Springflut, werde ich vom Scheitel bis zur Sohle von einer Urexplosion erschüttert, so dass ich in meine Elementarteilchen zerfalle und den Gesetzen der Physik widersprechend auseinanderströme, ins Weltall hinein, während etwas, das Ich ist, all dies dennoch wahrnimmt. Als erlebte ich meinen eigenen Tod. Und als wäre gerade dies das größte Geschenk, dass Anna Berthas Existenz mir etwas gibt, das einem sonst nicht gewährt wird, ein Erlebnis, das uns gehört, ohne dass es Teil unseres eigenen Lebens wäre, das uns gehört, ohne dass wir in der Lage wären, es zu besitzen, denn es gehört immer dem Anderen, dem nämlich, der es sieht, dem, der es weiß, dem, der es erzählt, es aufschreibt, dokumentiert und archiviert. Und dennoch. Was Anna Bertha, dem Gefühl der völligen Auflösung widersprechend, mit ihrem glitschigen, weichen

Mund, ihren heiß verschmelzenden Fingern gibt, ist etwas, das mir gehört, nur mir und so sehr mir, in einem Maße mir, dass ich mit jeder meiner Nervenfasern ausschließlich daran denken kann, wann es sich wohl wiederholen wird. Wieder und wieder, bis zum Ende der Zeiten. Denn im Vergleich dazu ist alles andere ein ausgekühlter und versteinerter Lavastrom, der jeden lebenden Organismus erstickt und unter sich begräbt, die Wissenschaft hört auf zu existieren, ein jedes weltliches Wissen hört auf zu existieren, und Wilhelm, sagte ich eines Morgens zu mir, nachdem es mir nach Stunden in Trance gelungen war, meine im Zimmer überall verstreut liegenden Teile einzusammeln und neu zusammenzusetzen, das kannst du dir nicht erlauben. Du hast dich der Wissenschaft verschrieben, und das Versprechen, das du einer Frau gegeben hast, kann dieses Versprechen nicht auslöschen.

An jenem kühlen Oktobermorgen nahm ich mir also vor, dass ich, ohne den Schwur, den ich meiner Frau gegenüber geleistet habe, aufzukündigen, alles tun werde, um dieses Gefühl von mir fernzuhalten. Aber ich verstand auch, dass ich dazu Anna Bertha selbst fern von mir halten musste. Wir werden zusammenleben, aber in zwei verschiedenen Welten. Und wenn der Preis dafür ist, dass mir niemals ein Nachkomme geboren werden wird, dann werde ich diesen Preis entrichten. Denn wenn ich zulasse, dass mich dieses unwiderstehliche Strahlen ihres Wesens lähmt, dann bin ich ein verlorener Mann. Dann bin ich nicht Herr, weder über mich selbst noch über mein Weib, dann wird mich die Wissenschaftsgemeinde ausschließen, und ich kann, begleitet von den vernichtenden Blicken Professor Zehnders und seiner Entourage, vor mich hinkrepeln und infolgedessen kann ich meine Familie, meine Frau und mich selbst nicht ernähren und werde mittellos, namenlos und krank sterben müssen, ohne dass ich wenigstens das eine Geheimnis hätte lösen können, was dieses geheimnisvolle Strahlen ist, das von einem Körper zum anderen dringt, noch bevor sie sich berührt haben, was diese durchdringende Kraft ist, dieser Blick, der macht, dass ich vor ihr stehe, als hätte man mir das Fleisch von den Knochen entfernt, als würde ich, bis aufs Skelett entblößt, fröstelnd von einem Fuß auf den anderen treten, dieses Unwissen ist es, das am meisten an mir zehrt, mich demütigt und ins Verderben treibt, denn wo es eine so starke Ausstrahlung gibt, da muss es auch eine physikalische Erklärung dafür geben. Wir sind seit dreiundzwanzig Jahren verheiratet. Seit fünfzehn Jahren halte ich, in der Hoffnung auf klare Sicht, Distanz. Dennoch, wie ich traurig anmerken muss, die Erklärung für diese Ausstrahlung, das heißt, das Wesen derselben, ist für mich immer noch *x*, also unbekannt.

Nun muss ich aber sofort mit ihr sprechen, ich muss Anna Bertha finden, wo auch immer sie sei, denn, ich spreche es mit Furcht aus, es scheint so, als hätte unser gemeinsames Bemühen, Distanz zu halten, endlich ein Ergebnis hervorgebracht. In den letzten Tagen habe ich im Laboratorium etwas beobachtet, etwas bis dahin nie Dagewesenes, eine fluoreszierende Erscheinung, die beim Aussenden von Kathodenstrahlen entstanden und auf ein Stück Karton projiziert worden war, und einmal, als ich versuchte, den Strahl mit verschiedenen Materialien aufzufangen, ihn quasi in die Falle zu locken, schien es mir, gütiger Gott verlass mich nicht, als hätte ich im projizierten Bild mein eigenes Skelett aufblitzen sehen. Doch darüber schweige ich vorerst noch tief. Sollte sich herausstellen, dass mir lediglich die eigene Phantasie einen Streich gespielt hat, wäre meine wissenschaftliche Reputation ebenso wie der allgemeine Glauben daran, dass ich bei klarem Verstand sei, ein für alle Mal zerstört. Und da ich die Quelle des Strahls oder der Strahlung nicht kenne, habe ich diese in meinem Notizheft mit einem *x* markiert. Und in dem Moment, da ich das *x* notiert hatte, verließ meine Beine plötzlich die Kraft, das Blut entwich meinem Kopf, und ich glaube, für ein paar Minuten habe ich auch das Bewusstsein verloren. Denn was ich herausgefunden habe, hätte ich niemals, in keinerlei wissenschaftlicher Veröffentlichung auseinandersetzen, niederschreiben oder vortragen können, ohne mein Ansehen zu verlieren, dass nämlich dieses *x*, also die unbekannte Strahlung, ihre Quelle allem Anschein nach in Anna Berthas Wesen hat und sich über die Jahre mit zäher Arbeit nach und nach durch sämtliche Räume unseres nicht gerade klein dimensionierten Hauses gearbeitet hatte, aus dem Schlafzimmer ins Badezimmer, von dort aus in den Salon, dann in die Gästezimmer, in die Bibliothek, ins Musikzimmer, in die Küche, in die Waschküche, ja, sogar durch die Dienstmädchenzimmer hindurch bis in die schreckliche Vorratskammer, sie ging durch sämtliche Ecken und Enden unseres Hauses, bis sie schließlich am entferntesten Punkt angelangt war, wo ich mein Laboratorium eingerichtet hatte und wo ich dieses Jahr, Anfang November 1895, die unbekannte Strahlung wahrgenommen und mich daraufhin wochenlang eingeschlossen hatte. Doch Anna Bertha gelang es trotzdem, mich aufzuspüren.

Noch aber war es ihr nicht erlaubt, bei mir einzutreten, obwohl ich selbst an nichts anderes mehr denken konnte, als daran, wann ich wieder in ihrer Nähe sein durfte, wann sich das wiederholte, wonach ich mich sehnte und das ich zugleich fürchtete, denn es ist nichts für diese Welt, zumindest nichts für die Welt, die ich mir zugewiesen habe, das, was mein Fleisch auflöst und davonstiehlt, so dass nichts mehr von mir übrig bleibt außer einem klappernden Haufen Knochen. Ich hätte der Strahlung also den Namen Anna-Bertha-Strahlung geben müssen, aber wer, der etwas bewandert ist in der wissenschaftlichen Welt, wüsste nicht, dass ich mir nur höhnisches Gelächter damit eingehandelt hätte – man hätte meinen Namen für immer aus dem Großen Buch der Wissenschaft getilgt. So firmierte sie in meinen Aufzeichnungen weiterhin unter dem Namen *X* (wobei der Großbuchstabe wenigstens ansatzweise auf einen Eigennamen hindeutete), gleichzeitig wußte ich, dass ich dieser Sache wenigstens für mich selbst auf den Grund gehen musste, und dafür gibt es keine andere Methode als die angenommene Quelle selbst, Anna Bertha also, unter die Lupe zu nehmen. Ich muss mich gehörig beeilen. In zwei Tagen ist Weihnachten, und während der Feiertage darf ich nicht arbeiten, wir müssen uns also beeilen, die Feiertage stehen vor der Tür, mehr noch, bald haben wir den wirklichen, endgültigen Tod im Nacken.

Wilhelm wusste nun, was er zu tun hatte. Er wusste, wenn er irgendeinen Körperteil von Anna Bertha der Strahlung aussetzen und auf diesem Wege ins Innere des Körpers der Frau blicken könnte, könnte er mit dieser trickreichen Rückkopplung jenes unbekannte Etwas ertappen, das ihn jahrelang gefangen gehalten und arbeitsunfähig gemacht hatte, das nun aber plötzlich doch seiner wissenschaftlichen Karriere die Krone aufzusetzen schien, wenn er sich jemals trauen würde, seine Ergebnisse zu veröffentlichen.

Anna Bertha!, rief Wilhelm.

Willi ist nicht hier.

Das dachte Anna Bertha, als sie am ungewöhnlich kalten Morgen des 22. Dezember 1895 erwachte. Das heißt, sie dachte es weniger, als dass sie es spürte, aus der kühlen Ausdünstung ihrer Haut, aus der handgreiflichen Trostlosigkeit des leeren Raums, der neben ihr entstanden war, aus der tristen Fassungslosigkeit, die sich zwischen den Falten der Laken versteckte, sie spürte, dass sie alleine war. Sie öffnete noch nicht die Augen. Dieses Gefühl hatte sich im Laufe der vergangenen langen Jahre jeden Morgen wiederholt, und um ihren ausgekühlten Körper irgendwie zum Leben zu erwecken, um Kraft zu sammeln, damit sie aus dem Bett aufstehen konnte, um wieder einen endlos scheinenden und deswegen mit unzähligen, allesamt mit der realen Welt im Zusammenhang stehenden Tätigkeiten gespickten, aber deswegen dennoch unermesslich leeren Tag anzufangen, konzentrierte sie alles, was sie an Vorstellungskraft besaß, auf jenen Moment, da sich Willis Körper zum letzten Mal mit dem ihren verbunden hatte. Als sie das letzte Mal so aufwachten wie ein frisch gebackener Hefezopf oder ein verwachsenes Zwillingspaar. Als sie den Körper des anderen in Besitz nahmen, wie jemand, der auf seinem rechtmäßigen Besitz hin und her geht, wo jeder einzelne Strauch und jeder Grashalm vom Blick des Anderen zum Leben erweckt wird, die Säfte von der Berührung des Anderen kreisen, der Sauerstoff aus dem Atem des Anderen entsteht, die Wärme, der morgendliche Dunst und das nachmittägliche Schwirren, und als all dies kraft ihrer Vorstellung lebendig geworden war, glitt ihre Hand, an der sie stets, auch in der Nacht, den von Willi erhaltenen Verlobungs- und Ehering trug, zu ihrem Schoß, den sie mit langsamen, kreisenden Bewegungen in jene vergangene, vielleicht nie dagewesene Welt zurückbrachte. Das hielt sie am Leben, mehr noch, es war ihr ganzes Leben, und da durch die Erinnerung an die gemeinsamen Wonnen die ersten Wellen der einsamen Wonne bei ihr eintrafen, rief sie den Namen des Anderen, erst leise, dann immer lauter, und dass der Andere zu ihr zurückkommen möge.

Er möge zu ihr zurückkommen, jener Andere, ohne den ihr Leben nur eine fluoreszierende, schnell verblassende Erscheinung war. Sie fühlte eine solch wilde Kraft aus sich strömen, dass sie sicher war, diese müsste früher oder später ihr Ziel erreichen, und deswegen, und um aufstehen zu können, wiederholte sie es jeden Morgen, und jeden Morgen geschah wieder und wieder nichts, und als sie in die Küche kam, gingen die Diener mit niedergeschlagenen Augen ihren Pflichten nach, denn sie hatten Anna Berthas Geschrei gehört, nur der, der es hätte hören sollen, der Willi, der hörte es nicht.

Doch am Morgen des 22sten Dezember 1895, zwei Tage vor Weihnachten, als Anna Berthas letzter Schrei noch in der Luft vibrierte, wurde sie auf einen Ton aufmerksam, der erst nur aus großer Ferne, doch dann immer näher und immer lauter zu hören war, und als er nur noch ein halbes Zimmer von ihr entfernt war, erkannte sie ihn, und tatsächlich, es war Willi, der ins Zimmer gestürmt kam und sie atemlos bat, sie möge sich anziehen und mit ihm ins Labor kommen, dorthin, wo Anna Bertha noch niemals eintreten durfte. Anna Bertha zog sich hastig, mit klopfendem Herzen an, sie wusste, dieses Weihnachten wird anders als die anderen, und irgendwie spürte sie auch, obwohl sie das nicht hätte erklären können, dass dieses Weihnachten nicht nur für sie, Anna Bertha und Wilhelm, sondern für die ganze Welt denkwürdig werden würde. Willi trieb sie eilig ins geheime Labor und schloss mit ernster Miene die Tür. Anna Bertha war so aufgeregt, als plante Jesus selbst, in ihrem Würzburger Haus wiedergeboren zu werden. Zweifellos war etwas zu spüren vom mit nichts vergleichbaren Gefühl einer Wiedergeburt, als Willi sich auf einmal zu ihr neigte und mit ersterbender Stimme sagte, gib mir bitte deine Hand, was Anna Bertha so verstand, dass Willi sie erneut um ihre Hand bat und deswegen ihre mit den von ihm geschenkten Ringen geschmückten Finger drückte. Da legte Willi ihre Hand auf irgendeine Platte, fummelte an seinen Geräten und teilte dann totenbleich mit, es sei fertig.

Das Bild ist fertig.

Was für ein Bild, fragte Anna Bertha verunsichert, woraufhin Willi ihr das erste mit X-Strahlen (in Wirklichkeit mit Anna-Bertha-Strahlen) erzeugte Bild zeigte, auf dem die Knochen ihrer Hand zu sehen waren, ohne Fleisch, aber mit den sie beide, Willi und Anna Bertha, verbindenden Verlobungs- und Eheringen geschmückt. Hier:

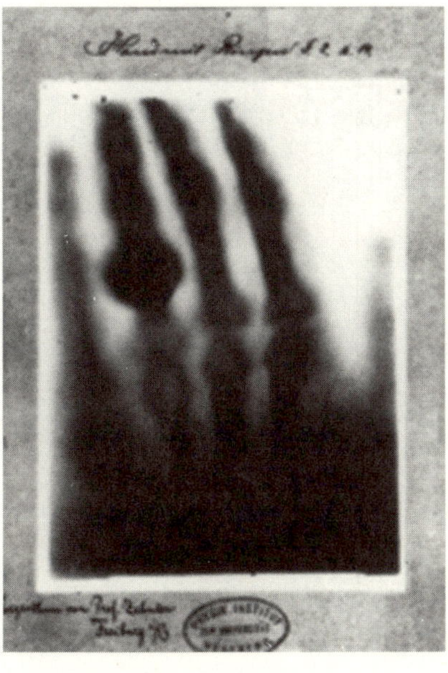

Als sie das Bild erblickte, schrie Anna Bertha auf, ich habe meinen Tod gesehen!, doch in jenem Augenblick interessierte sie nicht einmal das, denn Willi fiel ihr in ungebremster Freude um den Hals und sein nach Tabak riechender, heißer Atem erfüllte sie mit einer solchen Freude, dass es ihr nicht einmal etwas ausgemacht hätte, wenn sie wirklich tot umgefallen wäre. Doch Willi, der die bekannte Luft abschnürende Wirkung der Anna-Bertha-Strahlung zu spüren begann, trat von ihr weg, griff eilig einen Füller und schrieb mit seinen runden, schnörkeligen Buchstaben an den oberen Rand des Bilds:

Hand mit Ringen, 1895.

Der Rest ist: X.

Armani und die Liebe

Was sollte das heißen, ihre Niere sei nicht gut genug. Oder ihre Leber. Sie hätte den schleimigen kleinen Doktor am liebsten getreten. Wenn es überhaupt ein Doktor war und nicht nur so ein gelackter Salonbube. Ein Wurmfortsatz. Was weiß der schon?! Er hat sie ja nicht einmal untersucht! Wie kommt der dazu, ihr einfach so, vom Hinsehen, zu sagen, sie sei nicht geeignet. Nicht gut genug. Der würde sich freuen, wenn er in ihrem Alter noch so ein Herz, Niere, Leber hätte. Alle zehn Metzgerfinger würde er sich danach lecken, soviel ist fix. Wenn er dann mit vierzig einen Herzinfarkt kriegt und ins Gras beißt, würde er sich freuen, wenn er so ein Herz bekommen könnte, ein achtundsiebzig Jahre altes Herz, das weiß, was es zu tun hat, weiß, was es warum macht. Wohin der Weg geht. Verlässlich, wie ein Schweizer Uhrwerk. Wie kann einer so unverschämt sein?! Wie kann er den Leidenden, die sich Hoffnungen machen, so eine gute Niere, so ein gutes Herz, so eine gute Leber vorenthalten. Sie hat nie im Leben einen Schluck Alkohol getrunken, ihre Leber ist wie der Schmetterlingsstaub der Jungfrauen. Na gut, manchmal, bei größeren Betriebsfeierlichkeiten, aber nur symbolisch, sozusagen nur für den Moment des Anstoßens. Von der Lunge ganz zu schweigen, nicht eine einzige Zigarette, es hat völlig ausgereicht, das einzuatmen, was der Ernő von sich gegeben hat. Wie ein Fabrikschlot, diese kleinen Zigarren, wie hießen die noch gleich, ach so, ja, Parsifal, was juckt die die Kunst, denen war doch nichts heilig. Na, man hat sie dann auch ins Nirvana hinüberkomplimentiert.

Obwohl, die Bagage, die jetzt dran ist, ist auch keinen Deut besser, aber jetzt kann man wenigstens auf BBC umschalten, wenn man sie nicht hören will, wenn's nichts nützt, schadet's wenigstens nicht. Und dann kommt so ein kleiner Niemand, so ein entsprungener Jungkommunist, der mit Schaum vorm Mund Kommunist und Jude schreit, sonst darf er gar nicht ins Krankenhausbuffet rein, und sagt einfach so, vom Hinschauen, Sie sind zu alt. Und dass sie sowieso nicht dafür zahlen würden. Aber sie hat sehr wohl gelesen in so einer Frauenzeitschrift, oder war's das *Story Magazin*, egal, dass es sehr wohl Tarife dafür gibt und dass man für Organe von guter Qualität zahlt, und zwar im voraus. Kann sein, im Artikel ging es nicht direkt um hier, aber wenn sie das woanders machen, dann machen sie's auch hier bei uns, warum auch nicht, jetzt, da wir zur Eurounion gehören, wozu sonst das Ganze, wenn die Dinge trotzdem nicht überall gleich klappen. Und mit einem Mal kam sie dahinter, dass das die Lösung war. Dass sie davon leben wird. Weil, von der Rente geht das nicht, die reicht *von Haus aus* nicht einmal für die Medikamente. Ganz abgesehen davon, dachte sie, dass in dem gottverdammten Haus, in dem sie jetzt wohnt, geklaut wird, man kann nichts so verstecken, dass sie's nicht finden. Besonders die Gréti und ihre Bande. Sie selbst weiß gar nicht mehr, was sie wohin versteckt hat, aber dass die es finden, das ist so sicher wie das Amen in der Kirche. Wohin sonst verschwindet denn immer ihre eiserne Reserve. Und dann kommt dieser kleine Gesichtsmösenträger daher und sagt ihr, dass sie nicht zahlen. Und, überhaupt, dass ihre Organe zu nichts mehr gut sind. Fast hätte sie ihrerseits dem Arschgesicht mitgeteilt, welches seiner Organe zu nichts gut ist, obwohl, wenn sie's recht bedenkt, hat sie es doch mitgeteilt. Und deswegen bekam der so einen lila Kopf. Allein schon dafür hat es sich gelohnt. Zu sehen, wie ihm seine pomadige Birne weggeflogen ist. Er hat sie sogar angebrüllt, sie, eine weißhaarige alte Dame. Ja, woher hat man den denn entkommen lassen, von der Weide?

Hier erst merkte sie, dass sie sich irgendwie zu leicht fühlte, dass jenes gewohnte, beruhigende Gewicht nicht mehr da war, das immer dafür gesorgt hatte, dass sie spürte, sie war noch am Leben, dass sie wusste, sie hielt sich immer noch im Reich der Schwerkraft auf. Ihr kleiner fleckiger Foxterrier mit dem glatten Fell schlief immer bei ihren Füßen, sie erwachte stets von den Bewegungen des Hundes, doch nun war er nirgends. Kann es sein, dass nicht nur ich gestorben bin, sondern auch die Jolie? Kann es sein, dass man uns um die Ecke gebracht hat? Oder nur ich bin um die Ecke gebracht, und die Jolie haben sie mitgenommen, sie zu sich gelockt, bestimmt war es wieder die verdammte Gréti, die war doch schon seit einer ganzen Weile scharf auf den Hund, ich hab's doch gesehen, dachte sie, wie sie ihn immer angeglotzt hat im Gemeinschaftsraum, mit ihren sehnsüchtigen Glotzaugen, ich hab auch zu ihr gesagt, neulich, warum schaffst du dir keinen Hund an, Gréti, worauf die, mit ihrer zitternden, speicheltropfenden Stimme, dass sie so einen Süßen wie die Jolie sowieso nicht finden würde, nicht wahr, meine kleine Jolie, meine süße kleine Maus, ich dachte, ich kotze gleich, was muss sie ständig an meinem Hund herumfummeln, sie soll ihre Griffel von ihr lassen, ich kenne ihre Sorte, macht einen auf süßlich, schleimt herum, hechelt dir lauter Komplimente ins Ohr, und dann fällt sie dir bei der ersten Gelegenheit in den Rücken, spannt dir den Mann aus, kauft sich den Hut, den sie in der Oper an dir gesehen hat, schwärzt dich bei der Gestapo an, verbreitet über dich, du hättest Tripper, egal, Hauptsache, sie kann schaden. Ganz sicher, dass es die Gréti war, dachte sie, sie hat die arme Jolie um die Ecke gebracht, nur, um mir zu schaden, aber ich werde das nicht auf sich beruhen lassen, ich werde sie aus dieser miesen Absteige rausschmeißen lassen, dass ihr furunkeliger Rücken nur so auf den Asphalt kracht, was bildet die sich ein, dass immer noch die Kommunisten grassieren und sie als Personalobertante herumschlaumeiern kann, na, hier ist sie weder Obertante noch Personal, sie ist nicht einmal eine Person. Eine Null! Ein Nonentiti! Sie hat sogar das ßänkju von uns Schreibkräften tippen lassen, damit sie's nicht falsch macht, ein Wurm ist sie, den ich zertreten werde, wenn ich erst meine Pantoffeln gefunden habe, und damit setzte sie sich im Bett auf und ließ die Füße über dem kalten Fußboden baumeln. Es war kalt, hundekalt. Apropos Hund. Scholiiiiiiiiie, schrie sie mit ihrer trommelfellzersetzend scharfen Stimme, von der selbst die härtesten Telefonsachbearbeiter sofort Gewehr bei Fuß standen und sie weitervermittelten, wohin sie auch wollte. Aber das war schon lange her, sie telefonierte nicht mehr viel, wen hätte sie auch anrufen sollen. Nur die Auskunft, um gewisse Adressen herauszufinden. Zum Beispiel die Adressen der Kliniken, denn ihr Telefonbuch hatte die Jolie zerkaut, war eh von 1987. Wo mag dieser gottverdammte Köter sein!

Bekleidet mit einem Nachthemd von zweifelhafter Sauberkeit bahnte sie sich ihren Weg durch das Gerümpel und den Abfall, der ihre Wohneinheit gleichmäßig überwucherte, Richtung Eingangstür. Sie warf nichts weg, alles bewahrte sie auf, sammelte, es könnte noch gut sein für etwas, vielleicht kann man es zu Geld machen, alte Zeitungen, leere Kefirbecher, Bücher, Postkarten, Drehverschlüsse, leere Batterien, Fotos, Briefe, zerfetzte, abgetragene Kleidung, Wörterbücher, Bierdeckel, Restaurantspeisekarten, alte Programmhefte und leere Hundefutterkonserven bildeten große Haufen – Schwemmgut eines nicht wiederverwertbaren Lebens. Dennoch war die Wiederverwertung ihr Steckenpferd. Sie konnte sich nicht mit der Tatsache abfinden, dass die Dinge einmal aufhören zu existieren, genauer gesagt, zu funktionieren, auf irgendeine Weise nützlich zu sein, denn das kann nicht sein, dass man etwas, egal was, irgendeine Kleinigkeit, nicht in irgendeiner Form wieder verwenden könnte, dachte sie, denn dann müsste man doch tatsächlich alles vernichten. Und nun, da sie schon alles verkauft, zu Geld gemacht und das Geld ausgegeben hatte, war dieser Gedanke ihre letzte Zuflucht, ihre Hoffnung, es könnte sich alles noch zum Guten wenden oder wenigstens zum Besseren. Denn eines Morgens war ihr endlich die Lösung eingefallen, eine prächtige Idee, die ihr ganzes Leben in Ordnung gebracht hätte, und dann scheucht sie so ein kleiner Popelfresser einfach davon. Sie wird das nicht auf sich beruhen lassen. Sie wird heute zu einer anderen Klinik gehen, wenn nur der gottverdammte Hund sich wieder anfände. Sie brüllte in den Hausflur, Scholiiiiiiie, woraufhin alle erschrocken die Köpfe aus ihren Höhlen steckten, das ist auch so lächerlich, dachte sie, sie sind wie die Exemplare im Zoo, alle sitzen in ihren Käfigen herum und kommen nur zur Fütterung hervor. Auf das Gebrüll hin steckte auch die diensthabende Schwester den Kopf heraus.

Was ist los, Margólein? Sie wissen doch, dass wir ihn zu dieser Zeit immer schon rauslassen in den Garten, sonst pieselt er Ihnen da drin doch alles voll.

Wieso, wie spät ist es?

Gleich halb elf.

Warum sagen Sie das nicht gleich, lassen mich hier herumbrüllen, könnten Sie mir nicht ein anständiges Schlafmittel geben, von dem ich auch wieder wach werde und mich nicht so fühle, als wäre die Matthiaskirche auf mich draufgefallen?! Ich hätte heute was Wichtiges erledigen müssen, und da, der halbe Tag ist schon wieder vorbei, aber was interessiert Sie das schon.

Sie schlurfte in ihr Zimmer zurück, um sich anzuziehen.

Freiwillig hatte sie die Wohnung in der Budaer Villa, wo sie zweiundvierzig Jahre verbracht hat, sicher nicht aufgegeben, aber ihre Rente war so niedrig, dass sie kaum für das Essen für die Jolie reichte, geschweige denn, dass man die Nebenkosten hätte bezahlen können. Vom Fleischer erbettelte sie manchmal ein bisschen Hühnerklein zum Anschreiben, aber vergebens winkte der Herr Tibi ab, sie müsse es nicht bezahlen, sie bestand darauf, ihre Rechnung jedes Mal am Monatsanfang zu begleichen. Und dann kam ein Winter, als die Straßen so zugefroren waren, dass sie es kaum schaffte, bis zur Bushaltestelle zu eiern, und als sie dann einsteigen wollte, rutschte sie aus. Margólein, Sie sind besser als der Schwarzenegger, sagte der Arzt zwei Monate später schulterklopfend, als er ihre Entlassungspapiere unterschrieb, aber Margó wusste, wenn sie nach einem Oberschenkelhalsbruch mit achtundsiebzig Jahren auch mehr oder weniger wieder hergestellt war, dies war das Ende. Sie wird die Wohnung in Buda aufgeben müssen und in das gottverdammte Heim ziehen.

Wenige Stunden später saß sie in sich zusammengesunken auf einer Bank im Stadtpark, unweit des Altenheims in der Hermina-Straße, wo sie wohnte. Man hatte sie wieder davongescheucht. Aus der Klinik in der Amerikanischen Straße und auch aus dem Hospiz daneben. In Letzterem teilte man ihr mit, dass nicht sie diejenigen zu sein pflegen, die für etwas zahlen, sondern man zahlt ihnen, und dass die, die bei ihnen sind, eher eine Ente von guter Qualität benötigten als eine neue Niere. Eine unglaubliche Einstellung, empörte sie sich, und dann wundern sie sich, dass die Juden so unbeliebt sind. Die Wohnung auf dem Schwabenberg hat Ernő, ihr erster Mann, seinerzeit deswegen wiederbekommen, weil er zugestimmt hat, dem Industrieministerium Ratschläge zu erteilen. Sie hat ihm zwar gesagt, wenn man bedenkt, dass sie die Maschinenfabrik und dazu noch die andere Hälfte der Villa einkassiert haben, könnte man sich auch woanders niederlassen und müsste sich auf kein Techtelmechtel mit denen einlassen, aber nein, er wollte sein eigenes wiederhaben, er hing daran und sagte immer nur, dass, gemessen daran, was sie alles weggenommen haben, dies hier das Minimum sei, und wenn überhaupt, dann seien es die, die ihm verpflichtet sind, und sie können ihm den nassen Buckel runterrutschen, und wenn Margó das nicht gefalle, er sage das nicht gerne, dann hätte sie ihn halt nicht heiraten sollen. Dabei mochte es Margó nicht, auf dem Berg zu wohnen, jeder Gang zum nächsten Geschäft kam einem kleinen Ausflug gleich, man traf auf der Straße keine Bekannten, man konnte nicht vor Geschäften oder an der Ecke stehen und tratschen, und sie dachte voller Neid an ihre Freundinnen aus der Leopoldstadt, drüben, in Pest, denen das, sozusagen, eine natürliche Gegebenheit war. Ernő hingegen war unbeugsam und sagte kurz angebunden nur so viel, wenn es sonst nichts ist, solle sie eben die frische Luft genießen. Na, davon hatte sie dann eine so reine Lunge wie die Spitze des Montblanc, zieht man das Eingeatmete von Ernős Stinkstengel ab (ob dann der Infarkt, an dem er starb, nun von diesen kam oder es die allgemeine Aufregung war, die ein Ende mit ihm machte, wir werden es nie wissen), und das wollten sie nun mit einer lockeren Bewegung auf den Misthaufen werfen, indem sie sagten, dass sie es bedauerten, aber »Sie sind leider ein wenig zu betagt«, warum sagen sie nicht gleich, dass sie so alt sei wie das Raumschiff Orion, und sie möge weiter im All kreisen bis zur Wiederauferstehung von Großungarn.

Ende Oktober, sie saß im Stadtpark auf einer Bank und starrte vor sich hin. Sie konnte sich nicht einmal vorstellen, wie es jetzt weitergehen sollte. Vereitelt der brillante Plan. Zumindest sah es sehr danach aus. – Niedlicher Hund. Ihrer? – Als hörte sie die Worte, die offenbar an sie gerichtet waren, durch einen Vorhang. Sie hob den Blick. Aus einem jungen, sehr mageren Gesicht schaute sie ein brennendes, fiebrig wirkendes Augenpaar an. In eine der Augenbrauen des Mädchens waren zwei leere Ringe gehängt, von denen ihr nur einfiel, dass sie aussahen, als wäre der Vorhang, der dazu gehört, gerade in der Wäsche. Mehr noch, nachdem sie sie genauer in Augenschein genommen hatte, sah sie, dass auch in beiden Ohren mehrere von den Dingern steckten. Ihre Hand war ein wenig schmuddelig, die Nägel abgeknabbert bis zum Anschlag. Bei diesem feuchtkalten Wetter trug sie nur eine Jeansjacke, die Ärmel bis zum Ellbogen hochgekrempelt. Auf einen Unterarm war ein Monogramm und ein Datum tätowiert. Es dauerte eine Weile, bis sie den Mund zu einer Antwort öffnete. Sie war es nicht gewöhnt, dass Leute dieses Alters sie ansprachen. In der Poliklinik – angeblich sagte man nicht mehr so, aber ihr kam es immer noch so auf die Zunge – führte sie von Zeit zu Zeit gute Gespräche mit den anderen Leuten ihres Alters, meist ging sie auch nur deswegen überhaupt dahin, damit sie auch mal mit jemand anderem Worte wechseln konnte, nicht immer nur mit den Kretins aus dem Heim, die sie nicht mehr ertragen konnte. Dieses Mädchen aber mochte nicht älter als fünfundzwanzig sein. Die ungewohnte Situation belebte sie ein wenig.

Ja, der ist meiner. Mögen Sie Hunde?

Ja, besonders so kleine. Ein Foxterrier, oder? Wie heißt er?

Jolie.

Ah, vornehm, französisch. Früher hatte ich auch mal einen Hund.

Was ist aus ihm geworden?

Vom Auto überfahren.

O wie schade. Der Ärmste. Wie hieß er?

Möschen. Ein Glatthaardackel.

Margó fühlte sich ein wenig unangenehm berührt. Sie war auch kein Kind von Traurigkeit, aber dieses Mädchen war zu jung, um so frivol zu sein. Das war ihr nicht recht. Dem Feri, ihrem zweiten Mann, sagte sie auch immer, er solle nicht so reden. Nur in der letzten Nacht, als sie die Nachricht von ihrem Sohn erhielten, hat sie ihn gewähren lassen. Da war es schon egal, denn in der Stunde hat auch für sie derjenige zu existieren aufgehört, den ihr Mann da lästerte. Plötzlich tat ihr das abgerissene Mädchen leid.

Woran soll Sie diese Tätowierung an Ihrem Arm erinnern?

An einen Typen. Eine alte Sache. War eine blöde Idee, es hinschreiben zu lassen. Ich war noch sehr jung.

Heute sind Sie auch nicht gerade alt. Stellen Sie sich vor, ich hab auch so was.

Was? Einen Typen?

Margó krempelte den Arm ihres Mantels hoch, um ihren Unterarm zu zeigen.

Was ist das denn?

Auch eine alte Sache. Ich war auch sehr jung. Ein Souvenir.

Ah bon.

Sie sprechen doch nicht etwa Französisch?

Das ist mehr oder weniger alles, was noch da ist. Ich hab mal Französisch studiert.

Und dann?

Und dann musste ich arbeiten gehen. Brauchte die Kohle.

Sie Ärmste. Haben Ihre Eltern Sie denn nicht unterstützt?

Na ja, das, wofür ich das Geld gebraucht habe, haben sie nicht unterstützt.

Margó schwieg diskret. Sie erinnerte sich, dass es auch ihr Sohn nicht mochte, wenn sie ihn nach Sachen ausquetschte, über die er nicht gerne redete. Über die Frauengeschichten zum Beispiel. Und wie viel er verdiente. Wenn du Geld brauchst, sag Bescheid, ich geb dir welches. Den Rest lass meine Sorge sein. Er war ein geschickter Junge, den anderen immer einen Schritt voraus. Er kleidete sich so schick, er trug immer die teuersten Marken.

Und Sie? Haben Sie Familie?

Margó schwieg eine Weile. Sie merkte, wie ihr Puls schneller schlug.

Ich habe einen Sohn. Er würde gut zu Ihnen passen.

Wirklich? Haben Sie ein Foto von ihm?

Margó öffnete ihr Ridikül und holte ein Foto hervor, das in einem breitrandigen Plastiketui für Monatskarten steckte.

Das Mädchen pfiff anerkennend.

Nicht schlecht.

Was habe ich gesagt?

Der hat vielleicht coole Klamotten. Der Anzug ist Minimum ein Armani. Wenn ich so einen Kerl hätte, hätte ich keine einzige Sorge mehr. Und er ist sogar gutaussehend. Ich bin schon jetzt verknallt.

Mit einem Mal vergaß Margó ihren Ärger. Mit einem lange nicht mehr gekannten Glücksgefühl saß sie mit diesem fremden Mädchen auf der Bank und überlegte, wie sie ihr

Zusammensein noch verlängern konnte. Es wurde immer kälter.

Ich wohne nicht weit von hier, in der Hermina-Straße, würden Sie mich begleiten?

Warum nicht? Ich habe sowieso nichts zu tun. Darf ich Jolie führen? Ich habe so lange keine Leine mehr in der Hand gehabt.

Margó lächelte. Als sie am Tor des Heims standen, kam ihr eine Idee. Sie hatte noch nie jemanden hierher eingeladen, noch nicht einmal Bekannte, geschweige denn Unbekannte. Obwohl, die, die sie hätten einladen können, waren meist sowieso schon tot.

Ist Ihnen nicht kalt, wollen Sie vielleicht hereinkommen auf einen Tee?

Doch, sehr gerne. Besonders, wenn Sie noch ein wenig Rum dazu hätten.

Drinnen trug Margó das Mädchen wie eine Siegestrophäe über den Flur. Soll doch die Gréti der Schlag treffen. Jetzt hat sie nicht nur einen Hund, sondern auch noch eine Besucherin. Das soll ihr die alte Spinatwachtel mal nachmachen. Bei ihrem Wohnbereich angekommen, öffnete sie die Tür und entschuldigte sich für die etwas, wie sie sagte, *chaotischen* Zustände. Das Mädchen winkte ab, ach was, sie denke wohl doch nicht, dass sie so etwas störe. Aber als sie weiter hineinkam und sich umschaute, war sie dann doch sichtlich überrascht.

Werfen Sie nie was weg?

Ich bring's nicht übers Herz. Man kann nie wissen. Aber was wirklich wertvoll war, habe ich schon alles verkauft. Das hier ist nur noch die eiserne Reserve.

Sie warf ihren Mantel auf einen Stuhl und ging in die Teeküche, um Wasser aufzusetzen. Wenigstens würde sie diesen Raum auch mal seiner Funktion gemäß benutzen, bis jetzt hatte sie ihn nur vollgepackt. Konservenbüchsen, Kefirbecher, Plastiktüten, benutzte Staubsaugerbeutel, Zeitungen, Einmachgläser, und über allem thronte siegesstolz ein ausgestopfter Papagei. Von hier aus rief sie ins Zimmer zurück.

Was hier noch Wert hat, ist alles von meinem Sohn. Der Anzug auch, der auf dem Foto. Was haben Sie gesagt, was für eine Marke ist das?

Aber wieso sind die Sachen Ihres Sohnes bei Ihnen?

… Er zieht um. … Solange bewahre ich sie für ihn auf.

Wenige Minuten später kam sie schon ins Zimmer zurück mit zwei dampfenden Teetassen in der Hand.

Stellen Sie sich vor, ich habe sogar ein bisschen richtigen Teerum gefunden. Was haben Sie gesagt, wie heißen Sie?

Sie sah sich im leeren Zimmer um. Ihre Sätze hingen in der Luft wie schlaff gewordene Luftballons. Die Spiegeltür des braunen Schrankes und die Eingangstür sperrangelweit offen. Sie ging auf den Flur hinaus, immer noch mit den beiden dampfenden Bechern in der Hand. Vom Gemeinschaftsraum her kam, auf ihren Stock mit dem silbernen Kopf gestützt, ausgerechnet die Gréti auf sie zugeschlurft.

Hast du dir jetzt sogar eine Haushälterin besorgt, rief sie von weitem, ihren Satz mit einem kratzigen kleinen Lacher beschließend.

Wo ist sie hin?, fragte Margó. Sie hatte einen Kloß im Hals.

Wohin, wohin. Wohin du sie geschickt hast. Sie hat gesagt, du hast sie gebeten, einen Anzug in die Reinigung zu bringen. Willst du jetzt auch noch die Sachen deines Sohnes verscherbeln? Margólein, ich sage dir, das nimmt kein gutes Ende. Wenn deine Tochter nach Hause kommt, wird sie dir dafür die Leviten lesen. Aber den Tee nehme ich gerne an, danke.

Und damit nahm ihr Gréti eine der Teetassen aus der Hand und verschwand hinter der Tür gegenüber.

Kurze Geschichte der Fotografie

Tssss, hhh. Immer zum günstigsten Zeitpunkt. Na gut, also, ein Bild ist dieses »Na bitte, schau her, wenn du schon so sehr schauen willst«. Damit du dich freust, Spätzelchen. Ist ja gut, jetzt plustere dich nicht so auf. Ein Bild ist »hast 'n Taler, geh zum Markt« und ein Bild ist »Simsalabimbambasaladusaladim« und »auf einem Baum, im tiefen, tiefen Wald«, man muss es nur ein wenig drehen oder ganz, sagen wir, um 180 Grad, eventuell muss man es ein wenig vergrößern, hineinzoomen, freistellen, das musst du schon selber wissen, und wenn du es dann immer noch nicht siehst, was zu sehen ist, dann besorg dir eine neue Brille, mein lieber Freund.

Ein Bild ist, dass ein UFO über der Prärie von Kansas fliegt, klar zu sehen für jeden, der nicht blind ist oder ohne guten Willen, und wenn dieses Dingsda drauf ist, was willst du dann noch, wir haben's, wir haben's erwischt, was denn noch, soll's auch noch umsonst und aus Gold sein, dass man dir immer alles vorkauen muss, pass auf, sonst bleibst du noch so, Fräuleinchen.

Ein Bild ist, dass Surfer auf dem Meer auf die Große Welle warten, auf die größte Welle ihres Lebens, jene, die man schon von fern rumoren hört, dabei ist das Wasser noch spiegelglatt, jene, der man schon anhört, dass es jetzt also passieren wird, das Aufeinandertreffen mit derjenigen, für die sie vor langer Zeit überhaupt angefangen haben, ins Wasser zu steigen, und an der Seite, in einem kleinen Nachen, einem lächerlich zerbrechlichen kleinen Motorboot sitzt einer, der knipsen will, wie sich der Surfer der Großen Welle stellt, er selbst würde sich das zwar nicht trauen, aber er wünschte sehr, er würde – denn es gibt immer einen, der sich nicht traut, aber sich sehr wünscht, er würde –, also sitzt er lieber hier in seinem Nachen und verewigt es, wenn diese zwei sich aneinander messen, die Große Welle und der Surfer, komponiert von Franz Schubert, denn es muss auch den geben, der aufzeichnet, es kann nicht sein, dass immer alle nur machen. Ein Bild ist, dass es welche gibt, die es nicht selber machen.

Sondern, dass es jemanden gibt, der dabei zusieht und es auf diese Weise macht, denn auch das ist ein Machen, und manchmal, upps, ist es ein In-die-Hose-Machen, denn es kann vorkommen, dass die Welle so groß ist, dass der, der surft, aber auch der, der im Nachen sitzt, sich denkt, und zwar praktisch in demselben Augenblick, dass das alles ein Irrtum war, ein schwerer Irrtum, man muss doch nicht immer alles Aug-in-Auge erleben, es reicht doch, wenn einem davon erzählt wird, es reicht doch, wenn du darüber liest, es reicht, wenn es sich in deine Erinnerung einbrennt, aber ein Bild ist doch das, dass du nicht nicht hinsehen kannst, den Kopf nicht wegdrehen kannst, nur brüllen wie ein Wahnsinniger, dir die Seele aus dem Leib schreien und dabei praktisch unbewusst auf den Auslöser drücken, das, also, ist ein Bild.

Ein Bild ist, dass man von oben auf eine Landschaft blickt, und diese kann vielerlei sein: es kann eine 200-Forint-Frage sein, du siehst sie aus den Augenwinkeln, gerade mal so peripher, du spürst es quasi mit deinen Poren, was es ist, denn es ist so bekannt, dass es vom Gehirn schon zu den Sinnen heruntergesickert ist, man muss es sich quasi gar nicht mehr anschauen, es reicht, es zu riechen, zu hören, zu tasten, eine große blau-grüne Kugel in einem blauleeren Nichts. Ein interessantes Bild, wie wenn der Autor den Leser anspricht, puhh, wie schwer ist doch das Los der Romanautoren. Oder wenn der Maler sich in sein Bild hineinpinselt, du weißt, was ich meine. Aber es gibt auch die Möglichkeit, dass wir eine Landschaft von oben sehen, aber wir wollen nicht diese sehen, sondern vielleicht eine andere, diese hier ist uns nur in die Quere gekommen auf dem Weg zu jener anderen, die wir in Wahrheit suchen, aber macht nichts, dann machen wir eben auch von dieser ein paar Bilder, nicht, dass es uns interessierte, was drauf ist, aber wenn wir schon mal hier sind, klicken wir halt ein paar Mal. Und später dann fängt man natürlich auch diese Bilder an anzuschauen. Dreht sie nach links und nach rechts, bringt sie näher heran, man kneift die Augen zusammen, zoomt hinein, stellt frei, und auf einmal wird uns unter die Nase gerieben, was ist, habt ihr noch nie eine Baracke gesehen?! Und dann ist es so, dass wir entweder schon welche gesehen haben, aber von oben sieht die Sache ganz anders aus, oder aber, dass wir sie zwar gesehen haben, aber wir haben nicht das sehen wollen, also sahen wir es doch nicht, man könnte also beinahe sagen, dass ein Bild entweder das ist, was wir sehen und wissen, oder das, was wir sehen, aber nicht wissen, oder das, was wir nicht sehen und nicht wissen, es ist nur da, aber es ist besser, du weißt, dass das, was da ist, früher oder später auftauchen wird, um sich auf unsere Seele zu legen, schwer wie Guano.

Ein Bild ist, dass Patty Hearst mit einer Maschinenpistole in der Hand in einer Bank steht, und man sieht ihr an, dass sie auf einmal ganz verlassen ist, dass sie auf einmal nicht mehr weiß, wie sie hierherkam und wer dieser breitschultrige, unrasierte Mann ist, der ihr offenbar Deckung gibt, denn es ist auch ein Bild davon, dass jenseits des schlecht maskierten Erschreckens auch noch eine verlassene, vergessene Kindereinsamkeit in ihrem Gesicht aufscheint, und dem, der das sieht, wird klar, was sie in jener Bank gesucht hat mit der Maschinenpistole in der Hand und in Gesellschaft eines fremden Mannes, nur sie, Patty, weiß es nicht, und sie weiß auch nicht, dass wir es wissen, und sie weiß nicht, dass das Bild sie verrät. Denn ein Bild ist so, dass es dich verrät. Es ersticht dich mit dem Küchenmesser, während du die Hand nach der Zwiebel ausstreckst.

Und ein Bild ist, dass Aldo Moro dasitzt mit einer handgemalten Tafel in der Hand, die uns mitteilt, seit wie vielen Tagen er in Gefangenschaft ist, und wie er zusammengesunken dahockt, steht in seinem Gesicht ein Gedanke geschrieben, oder gar nicht mal ein Gedanke, vielleicht nur ein Gefühl oder der Schatten eines Gefühls, der ihn plötzlich streift wie ein vorbeihuschender Fledermausflügel, dass er es vielleicht nicht hätte tun sollen, heute früh, dass er vielleicht nicht so hart hätte sein sollen mit Eleonora, nur weil sein Hemd wieder nicht anständig gebügelt war. Obwohl, nach so vielen Jahren Ehe könnte eine Frau schon wissen, was wie sein muss, wohin kämen wir denn, wenn alle ihre Arbeit so nachlässig verrichteten, während das Bild gleichzeitig zu behaupten scheint, dass die Frage, wo kämen wir denn hin, vielleicht doch in keiner direkten Beziehung zu der Frage steht, wer seine Arbeit wie verrichtet, schließlich sitzt er auch hier. Und ob das nun deswegen so ist, weil er, persönlich, seine Arbeit nicht so getan hat, wie er sie hätte tun sollen, das Bild also ein Beweis für seine These ist, oder ob es, im Gegenteil, seine

Unschuld beweist, oder ob es weder das eine noch das andere beweist, sondern lediglich, dass er zu diesem Zeitpunkt noch am Leben war, in einem zerknitterten Hemd, unrasiert, mit einer handgeschriebenen Tafel in der Hand.

Ein Bild ist, dass Warhol ein Polaroid von dir schießt. Vielleicht bist du berühmt, vielleicht bist du nicht berühmt, aber dann doch, denn der Warhol, der berühmt ist, hat dich mit seiner Polaroid geknipst, das Bild weiß das eine wie das andere. Ein Bild ist, dass ein sommerliches weißes Männerhemd davonfliegt auf einem seidigen Hügel, dass ein Mädchen über einen staubigen Feldweg Richtung Kamera gerannt kommt oder dass die ausgebreiteten Arme eines jungen Mannes schon anfangen zu erlahmen, den Namen des Hügels, des Mädchens, des jungen Mannes weißt du nicht, aber den des Fotografen, den kennst du vielleicht, und wenn das so ist, was sagt das darüber aus, was ein Bild ist, da mach dir mal einen Reim drauf, mein Kälbchen, wenn du dieses Ganze schon so forcierst, anstatt runterzugehen, um Butter zu kaufen.

Andererseits ist es auch ein Bild, dass du bis zum Hals in einer Wanne voll warmen Wassers sitzt, zehn Jahre alt, vor dir schwebt ein Spielzeug im Wasser, ein Hydroplan mit Propeller, die kleinen Propeller drehen sich, wenn du draufpustest, und dann bringst du es fertig und machst als Zehnjähriger mit dem Selbstauslöser ein Foto von dir, das erste, auf das Tausende folgen werden, und dann kommt einer, der hundert, aber sage ruhig fünfhundert Jahre später diesen kleinen Jungen in der Badewanne anschaut, deinen Namen kennt und weiß, was du später noch für Bilder gemacht hast, und weil er diese Bilder mag, weiß er auch oder glaubt zu wissen, wie dein Leben war, und hier hältst du natürlich für einen Moment an wie ein ermüdetes, klein gewachsenes Gebirgspferd, denn (auch) darüber muss man sich Gedanken machen, ob einer, wenn er alle deine Bilder kennt, behaupten dürfte, dass er auch nur ein Jota davon kapiert hat, wer du bist, ob man sagen kann, dass dein Leben auf den Bildern prangt, oder ob man nur so viel sagen kann, dass es dich gegeben hat, Schnitt, so viel für heute, vielen Dank.

Ein Bild ist, dass jemand ein ganzes Buch über Bilder schreibt, aber in Wahrheit schreibt er es über seine Mutter, über ein kleines Bild, das es von seiner Mutter gibt, als sie noch ein Mädchen war, dieses Bild ist aber im Buch nicht zu sehen, denn der Leser würde sowieso nicht das im Bild sehen, was er, der Junge, der Sohn der Mutter, darauf sieht, davon handelt das Buch. Auch das ist ein Bild.

Ein Bild ist, dass der Mann im Mond heruntergekommen ist und man nun eine Menge Sachen machen muss, über die man immer gesagt hat, das geschieht erst, wenn der Mann im Mond herunterkommt. Man muss aufpassen, was man sagt.

Ein Bild ist, dass die große Chinesische Mauer das einzige menschliche Bauwerk ist, das aus dem All zu sehen ist, aber angeblich ist auch das nicht wahr.

Ein Bild ist, dass Cortés Montezuma trifft, aber da es davon kein Bild gibt, hat ein jeder sein eigenes im Kopf.

Ein Bild ist, dass die alte Hexe in den Ofen gestoßen wird, aber dir dabei ein anderer Ofen einfällt.

Ein Bild ist, dass hier der Hund begraben ist.

Ein Bild ist, dass ich alt bin, lass mich in Ruhe damit. Frag deine Mutter.

Danach verging einige Zeit. (Auch das ist ein Bild.)

Was ist also ein Bild.

Plus ça change, plus c'est la même chose, würde Voltaire sagen. Oder vielleicht Camus. Das Bild ist der Kaiser des Lebens. Es hat Vergangenheit, Gegenwart, Zukunft, eine Geschichte und ein Gedächtnis, mit einem Wort, es hat alles. Ein Bild hat, muss man das noch erwähnen, ein eigenes Gedächtnis, das sich mal mit dem des Betrachters kreuzt, mal nicht, oft gehen sie nur aneinander vorbei, wir winken durchs Fenster, he, wohin gehst du, vergebens, es ist schon weg. Ein Bild, jedes Bild, schaut uns an und bedauert uns ein wenig, dass wir so trottelig und ausgeliefert vor ihm stehen – kein Zweifel, wir sind kein würdiger Gegner, es hätte Besseres verdient. Ein Bild weiß zum Beispiel, ob man wirklich »vierzigundhundert Ultimo« beim Kartenspiel ansagen kann, wie wir es zu Hause so häufig hören mussten und das wir, wie das Kennwort einer geheimen Organisation, immerzu im Munde führten, uns gefiel der Schwung des Ganzen, der Rhythmus, es fühlte sich gut an, es auf der Straße zu sagen oder im Geschäft, Küssdiehand, meine Mama schickt mich, ich soll ein vierzigundhundert Ultimo mitbringen und dazu grinsen wie ein Honigkuchenpferd. Das Bild weiß, ob es der Brillenträger angesagt hat, ob das ansagbar war. Das Bild allein weiß, ob sie weiter so friedlich dasaßen, oder ob sie vielleicht angefangen haben, sich zu streiten, zu zanken, soll ich etwa die Jury rufen, Misi, mein Lieber, jetzt reg dich nicht so auf, das

Bild weiß, ob es so etwas gegeben hat, um nicht zu sagen, dass das Bild auch weiß, ob sie – ein dunkler Verdacht – nicht nur für das Foto so friedlich dagesessen und Karten gespielt haben, im Hintergrund scheint jemand einen Brief zu schreiben, meine Lieben, mir geht es gut, wir arbeiten irgendwo an der Bahnlinie – sagen wir – in der Ukraine, oder wenigstens bei dem so fernen Vác, die Front ist nicht weit, aber kein Grund, sich Sorgen zu machen, wir bekommen zu essen, das Wetter ist angenehm, früher Herbst, im Hintergrund scheinen einige Jungs aus der Gegend Fußball zu spielen. Das Bild weiß, ob der Briefeschreiber die Wahrheit sagt, obwohl es ohne Zweifel ist, dass das geschorene Haar des Brillenträgers, das er auch später so, mit einem präzisen Scheitel, trug, das zu untermauern scheint, danke, alles in Ordnung, vielleicht war er kurz davor zu Hause gewesen, vielleicht wurde er gerade erst einberufen, zum zweiten, zum dritten Mal, vielleicht ist das zu Hause gebratene Fleisch, die Strudel in seinem Bündel noch warm, mehr noch, das Bild weiß auch, wer es war, der überhaupt daran gedacht hat, einen Fotoapparat mitzunehmen, dorthin, vielleicht eine gute Leica, die Lieblingskamera des Brillenträgers – er selbst, der enthusiastische Hobbyfotograf, war es aber sicher nicht –, als wäre man auf einem gemütlichen Ausflug, diese für vergänglich gehaltenen Momente festzuhalten, er konnte es nicht wissen, doch das Bild wusste es mit Sicherheit, dass diese Momente nicht vergänglich sind, dass sie, obzwar die Zeit über sie hinweggehen wird, niemals vergehen werden, dass sie wie schlecht vernarbte Wunden sein werden, die bei der kleinsten Kraftanstrengung aufreißen. Nur das Bild weiß, wer eine Kamera mitgenommen hatte auf so einen Weg und wem man es erlaubt hatte, Fotos zu machen. Vielleicht war der Fotograf gar nicht einer von ihnen, vielleicht machte einer der Befehlshaber oder ein Kapo Schnappschüsse, um nachweisen zu können, dass die Dinge bei ihnen ihren geregelten Gang gingen, bitte schön es sich anzusehen, Arbeitsdienstler in der Kartenschlacht, man kann davon auch was nach Hause schicken, Leute, aber es kann auch sein, dass er einfach nur zum eigenen Vergnügen herumknipste und von Zeit zu Zeit mit dem Brillenträger die eine oder andere Lichtmessung oder eine schwierigere Einstellung besprach, wenn sie schon einmal das gemeinsame Interesse sozusagen zusammengebracht hatte, und während wir dieses friedliche Stillleben, dieses niederländische Genrebild betrachten, fangen wir endlich an zu begreifen, dass es wirklich nur den Alltag gibt, und dass die Geschichte, was diese auch sein möge, erst später geschrieben wird, und wer weiß, ob sich nicht eine Kopie dieses Fotos im Familienalbum einer anderen Familie verbirgt, »Vatis Fotos aus dem Wehrdienst, 1941-44«.

Und wer weiß, was jene Familie aus dem Reigen der nebeneinandergelegten Fotos herauslesen kann, von Zeit zu Zeit blättern sie darin, schauen es sich an, wer mag dieser junge Mann in Tweedhosen mit der Brille sein, und hier, endlich, weiß ich wenigstens ein bisschen mehr als sie, ich weiß, wie sich dieses dicke Tweed anfühlt, ich weiß die Farbe und auch, dass es Breeches waren, Jahrzehnte später trage ich sie mit den anderen zusammen zum Roten Kreuz, Zustand hervorragend, der des Brillenträgers jedoch wird mit bloßem Auge nicht mehr abschätzbar sein, mehr noch, man kann auch die Marke der Armbanduhr wissen, wenn ich mich nicht irre, ist es die alte Omega, die heute in einer Schachtel im Kleiderschrank liegt und für die die Zeit nicht mehr vergeht. Und den Ort, an dem das Bild aufgenommen wurde, weiß ich von ihm, dem Brillenträger. Und auch, was er da verloren hatte, aber hier Schnitt, nicht weiter, das Nichtweiter des Wissens, und so ist die Überlegenheit des Bilds uns gegenüber so offensichtlich, dass es sich allein schon deswegen lohnt, es überhaupt hervorzuholen, damit wir wieder und wieder damit konfrontiert werden, dass wir nichts, aber auch gar nichts wissen.

Nur das Bild weiß alles.

Vierzigundhundert Ultimo.

Es gibt kein Gerät, um zu messen all dies.

Ein Abend ohne Erika

Die Hitze war unerträglich an jenem Tag.

Man sagte, ab jetzt würde es nur noch solche Sommer geben, mehr noch, die Hitze würde nur noch zunehmen, bis schließlich der Hitzetod unseren jämmerlichen kleinen Kämpfen ein Ende setzt. Neuleopoldstadt machte einen Eindruck, als hätte sie die Mitgliedschaft im Leben aufgekündigt, als hätte die Stadtteilverwaltung entschieden, dass man ab jetzt, im neuen System, nichts mehr tun würde, außer den Asphalt und den Bauxitbeton der Häuser ausdampfen zu lassen, dass von nun an dies ihre einzige Aufgabe und die Summe all ihrer Tätigkeiten sein würde. Die Bevölkerung konnte sich in all das nicht einmischen, denn nach der für einen Werktag ungewohnten Stille zu urteilen hatte sie die Stadt massenhaft verlassen, um an Flüssen, Seen und Meeren den Sauerstoff zu suchen, der der Luft in ihren Wohnungen fehlte, oder wenigstens einen verirrten Luftzug, der für einen Moment Linderung verschaffen konnte. Im kleinen Park, den man an der Einmündung der Straße eingerichtet hatte, ertrugen die Blätter an den mickrigen Bäumchen und den staubigen Sträuchern ohne eine Regung die ihnen auferlegten Temperaturverhältnisse. In der dumpfen Stille, die sich eingestellt hatte, spitzte Maja die Ohren, ob sie in den Sätzen, Wörtern, Tönen irgendwo den Tonfall der Neckerei hörte. Aber da war nichts, nur ein Haufen Eisgrütze, und auch der war schon am Wegtauen. Festes Eis hat einen Aggregatzustand, gegen den man wenigstens ankämpfen kann. Man kann dagegen angehen, dagegentreten, darauf einschlagen, mit einem Eispickel, mit Zähnen und Klauen daran kratzen, es eventuell mit heißem Wasser übergießen, es anhauchen, umarmen, ablecken. Mit schmelzender Eisgrütze aber kann man nichts anfangen. Sie zerrinnt dir zwischen den Fingern und lässt seine Spuren verschwinden. Alles, was nach ihr bleibt, ist das Nichts.

Maja hielt den Telefonhörer in der Hand, als würde sie darauf warten, dass es erneut klingelt und die Stimme am anderen Ende das soeben Gesagte wieder ungültig macht. Ich fahre nicht. Ja, du hast richtig gehört, ich fahre nicht. Sie hat es fertiggebracht, das zu sagen. Die Erika. Maja stellte sich vor, wie Erika am anderen Ufer des Flusses – als hätte selbst die Topographie der Stadt ihr unerwartetes Getrenntsein betonen wollen – auf der schon etwas baufälligen, mit schwarz-weißen Steinen ausgelegten Terrasse mit der Steinbalustrade stand, sonnengebräunt, ihr frisch gewaschenes, kurz geschnittenes glänzendes schwarzes Haar in der Sonne des Schwabenbergs trocknend, und zu der Stadt zu ihren Füßen und innerhalb dieser zu ihr sprach, mit jenem charakteristischen singenden Tonfall, der jeden Satz unvollendet lässt, eine in einer nahen Zukunft eintretende Fortsetzung versprechend. Ganz so, als wäre durch eine Art fataler Fehlbesetzung sie und nicht Maja das alteingesessene Neuleopoldstädtische Reisekader-Kind, und Maja würde die Rolle der Nachfahrin der Budaer Großbürgerfamilie spielen, die auch schon mal bessere Tage gesehen hat. Trotz des Tonfalls versprachen Erikas Worte diesmal keine Fortsetzung.

Was soll das heißen, du kommst nicht.

Maja bemühte sich, die Worte so neutral wie möglich auszusprechen, und das Ergebnis war, dass sie wie ein Fernsehansager redete, der mit Depressionen zu kämpfen hat.

Darauf haben wir gewartet, seit ich weiß nicht mehr wann.

Dass das System zusammenbricht und wir endlich auf ein Stones-Konzert gehen können. Das System ist zusammengebrochen, wir haben Karten für die Stones, und du brichst mir hier ebenfalls zusammen.

Sie versuchte, der Szene einen witzigen Tonfall zu geben, als handelte es sich nur um ein Missverständnis. Plötzlich hatte sie einen metallenen Geschmack im Mund.

Es interessiert mich nicht mehr. Zu spät. So was kommt vor. Dass etwas zu spät kommt. Oder nicht? Dass die Zeit einem unten den Füßen entgleitet. Und der Wille. Ich fahre nicht nach Prag. Tut mir leid. Ich bin zu alt für so einen Riesenzirkus.

Maja sah zur Pinnwand über dem Telefontischchen, wo seit Wochen, wie ein Siegesskalp, die beiden Konzertkarten prangten. 18. August 1990, Prag, verkündete der gut bekannte rote Mund mit der spöttisch herausgestreckten Zunge. Maja starrte die Karten an, als hoffte sie, dieser Anblick könnte die Realität außer Kraft setzen. Nur, dass die Realität schon längst außer Kraft war, es war das eingetreten, womit sie nicht rechnen konnte, und nun war das die neue Realität. Die so gut wie noch gar nicht begonnen hatte, ihr aber überhaupt nicht gefiel, sie hätte sich eine andere gewünscht. Sie war unersättlich und ohnmächtig. Ihre Ohren aber waren gut, sie hörte aus Erikas Sätzen genau die verstörte Stille heraus, das ausweichende Schweigen. Im Zimmer, in dem als Schutz vor der Hitze die Fenster geschlossen waren, schien plötzlich auch der letzte Rest Luft verbraucht zu sein. Mit dem Hörer in der Hand trat Maja ans Fenster und riss einen Flügel auf. Der Rahmen mit der schleifchenförmigen Bauhaus-Klinke schlug gegen die Wand, eine kleine, graue Einbuchtung hinterlassend, eine winzige, kaum wahrnehmbare Wunde.

Aber man muss mit über dreißig ja wohl noch nicht sterben? Oder doch? Aber das ist es nicht, nicht deswegen willst du nicht kommen, stimmt's?

Es war eher eine Behauptung denn eine Frage. Plötzlich sah sie wieder das Bild vor sich von den in langen Reihen dahinrollenden Panzern, denen sie vor zweiundzwanzig Jahren vom Hof des Kinderferienheims nahe der Grenze mit offenem Mund hinterherschauten, während die Erwachsenen die tote Zeit an diesem dampfenden Augustnachmittag mit dichten Flüchen spickten. »The tanks roll out, the stones roll in«, das war jetzt der Slogan. Auf Ungarisch hört sich das natürlich nicht so flott an. Roll out, roll in, Rolling Stones. Eine Nation lebt in ihrer Sprache. Oder in der Sprache einer anderen, wenn aus der eigenen gerade ein Fußlappen gemacht wird. Kängätno. Sätisfäkschn. He-hehehey. Ohnonono.

Maja presste immer noch den Hörer ans Ohr und stellte sich ins Badezimmer, wo es vielleicht einen halben Grad kühler war. Da drängte sich plötzlich eine andere Erinnerung an die Stelle der vorangegangenen. An einem frühen Morgen, im Halbschlaf im Bett hörte sie, wie Vater, als würde er noch leben, sich mit lautem Wassergeplätscher im Bad rasiert, die Tür steht offen, um sie aus ihrem Teenagerschlaf zu wecken, bis sie schließlich mit Ach und Krach herausschwankt und während des Zähneputzens Grimassen in den Spiegel schneidet, um ihr schneeweißes, sommersprossiges Babyface zu kompensieren, angesichts dessen sich ein Mick natürlich totlachen würde, sie zieht sich hastig an, sie trägt Vaters Hemden, damals galt das noch als lässig, weite Männerhemden, die unter dem Schulkittel hervorlugten, weite Männerhemden und Alföldi-Latschen, die Uniform der gegen die Uniformität Rebellierenden, und schließlich sitzt sie im 76er Trolleybus und starrt im frühen Morgen auf die Bahnschienen, die sich unter der Élmunkás-Brücke breit machen. Der gute arme Attila, fiel ihr da ein. Damals galt er auch noch als cool, nicht wie jetzt, eine Mauer stürzt ein und schwapp, das Kind mit dem Bade, aus einem Heiligen wird ein Kommunist, aber gleich darauf wieder die Stones, das Kängätno, nix da Kängätno, und dann, während des Unterrichts und nach dem Unterricht, zwischen den grauen, verfallenden Mauern des Gymnasiums, und dann im Hof, und nach der Schule, auf dem mit herbstlichem Laub bedeckten Gehsteig in der Mihály-Munkácsy-Straße unterwegs, kurz anhalten beim Erdbeergarten, um sich die mit nacktem Oberkörper arbeitenden Bildhauerlehrlinge anzuschauen. Oder beim Fleischer, zu dem Mutter sie geschickt hatte, sie möge Nuss kaufen, was soll das heißen, Nuss, seit wann gibt's beim Fleischer Nuss?! Immerzu spielen die Stones in ihrem Kopf, oder auf der Eisbahn neben dem Gymnasium, wo überhaupt nicht die Stones spielten, sondern das »Congratulation«, achdugroßergott, und die Rentner mit ihren Kürkleidern und ihrem chronischen Lächeln spulten dazu ihren Eistanz ab, ich stell mal den Fuß raus, dachte Maja, vielleicht fällt der Oppa hin, wenigstens passiert mal was, Roter Pullover, verlassen Sie die Eisfläche!, in wilder Begeisterung und akuter Paralyse schaut sich das Volk die Eistanzweltmeisterschaft im Fernsehen an, eine Verbindung zur großen weiten Welt, wie groß doch die kleine Pötzsch geworden ist, begeistert sich der Reporter (der Vitray oder der Gyulai?), hahaha, johlt das ganze Land, denn Pötzsch klingt wie *pöcs* und *pöcs* ist auf Ungarisch nichts anderes als Pullermann, johlt und träumt, zwei radikale Überlebenstaktiken. Träumt zum Beispiel davon, dass es einmal, in einer anderen Welt, auf einem anderen Planeten, einem anderen Sonnensystem ein Stones-Konzert geben wird, das sie besuchen können, und dann werden sie gerettet sein, dann werden sie davongekommen sein.

Wie wenn die Titanic mit dem Eisberg kollidiert, und, o Wunder, nicht die Titanic, sondern der Eisberg untergeht. Nein, nicht deswegen. Wir müssen die Sache nur einfach beenden. Wir sollten uns im Sommer nicht mehr treffen. Es ist besser, wenn du mit jemand anderem hingehst, betrachte es als mein persönliches Opfer, sagte Erika, ausnahmsweise einmal mit einer abschließenden Betonung.

Yesterday don't matter, if it's gone. Was für eine Sache. Was für ein tolles Wort, dachte Maja, und über ihr schneeweißes Gesicht breitete sich auf einmal das Flammenrot des unterdrückten Zorns aus, wovon ihre Gesichtsfarbe der Farbe ihres Haars ähnlich wurde, sie wollte Erika nicht anbrüllen, über den Fluss hinüberschreien, auf die Hügel hinauf, dass der ganze gottverdammte Schwabenberg davon widerhallt, denn sie hatte Angst, Erika würde dann den Hörer hinschmeißen, und auch dieser letzte, zwirndünn herabhängende Faden zwischen ihnen würde abreißen, wie großartig sich darin alle ängstlich bewachten Minuten der letzten zwei Jahre widerspiegeln, jene Spannung, die bereits da war, als sie sich das erste Mal sahen im Buffet der Uni, wohin es dieses unwahrscheinliche Wesen aus einem fernen Budaer Gymnasium verschlagen hatte, um mit ihrer puren Anwesenheit sie, die Spleenkönigin, für Tage mit Energie zu erfüllen, so dass sie morgens um halb sieben von alleine aus dem Bett sprang und kaum erwarten konnte, dass ein neuer Tag begann. All das noch bevor sie ihren Namen gewusst hätte, der sie, als sie ihn erfuhr, zugegeben, für einen Moment zurückschrecken ließ, denn es fielen ihr sofort und ausschließlich Krieg und Nazis ein, ein klassisches, geerbtes Trauma, wie es sich gehört, aber nicht einmal das konnte sie von ihr abbringen, und nicht einmal, als sich herausstellte, dass das gar nicht ihr richtiger Name war, sie ließ sich bloß von allen so nennen, und daraus wurde dann diese anfangs zögerliche und zurückhaltende, später leidenschaftlich flammende Freundschaft voll Eifersucht und Bewunderung, in die sich Hass mischte, eine Rivalität, wie sie nur Mädchen untereinander kennen, süßlich verschlagen, verglichen damit sind die Jungs Gralsritter, der Ehrbarkeit bekränzte Helden.

Maja hörte, wie ihre Mutter mit dem Schlüssel im Schloss klapperte, kurz darauf erschien ihre hochgewachsene, elegante Gestalt im schattigen Flur der abgedunkelten Wohnung. In den letzten Jahren, seit dem Tod des Vaters, hatte sie stark abgenommen, ihre Hüfte wölbte sich nicht mehr so weiblich wie auf jenen alten Schwarzweißfotos mit gezacktem Rand, als sie noch unverheiratet war, ein Mädchen von außergewöhnlicher, strahlender Schönheit, als ihr noch alles bevorstand, als man ihr noch voraussagte, mit solchen Hüften würde sie es leicht haben, zu gebären. Sie irrten sich. So etwas kommt vor, mangels der Fähigkeit, in die Zukunft zu blicken, konnten sie die seltsamen Schlenker der Geschichte nicht in Betracht ziehen, dafür ging sie bei der relativ späten Geburt beinahe drauf, früher hatte sie keine Zeit dafür, sie war mit Überleben beschäftigt, und weitere Kinder konnte sie dann nicht mehr bekommen. Maja fluchte leise, zischend, dass sie noch nicht einmal in so einer Situation alleine sein durfte. Am liebsten hätte sie geschrien, statt eins der üblichen, nichtssagenden Gespräche mit ihrer Mutter zu absolvieren. Was gibt's Neues. Nichts Besonderes. Have you seen your mother baby, standing in the shadow. Sie redeten zwar miteinander, aber sie sagten sich kaum etwas, das war so, seitdem Maja denken konnte. Ihre Mutter hatte ein undurchdringliches Netz um sich herumgewoben. Wann das entstanden war, wusste Maja nicht, und auch die Gründe dafür dämmerten ihr nur ungefähr. Sie ließ niemanden an sich heran, Vater vielleicht, aber Vater war tot, und umsonst war Maja nach Vaters Tod und dem Auseinanderbrechen ihrer eigenen Ehe vorübergehend wieder nach Hause zurückgezogen, sie konnte Vater nicht ersetzen, und in diesem Moment hatte sie das Gefühl, auch sie sei, wie Vater, tot.

Das kann so nicht weitergehen mit dem János, das muss ein Ende haben, Majalein, glaub mir, es ist besser, wenn ich nicht fahre.

Immer war sie die Erwachsene gewesen, immer war sie es, die wusste, was man machen muss. Mutter kramte auffallend lange im Eingangsbereich, Maja konnte sich nicht vorstellen, was sie da trieb.

Mutter, bist du das?

Wer sollte es sonst sein.

Maja hätte die Unterhaltung an dieser Stelle gerne beendet, aber sie wusste, dass sie noch eine Frage schuldig war. Bringen wir es hinter uns, dachte sie, und dann lassen wir einander in Frieden.

Warst du beim Konrád?

War ich.

Und, was hat er gesagt? Hat er wieder irgendwelche Pillen verschrieben? She goes running for the shelter of the mothers' little helper, Doctor please, some more of these. Maja hatte genug von den Krankheiten ihrer Mutter, sie hatte das Gefühl, dass sie ausschließlich deswegen immer neue und neue Symptome produzierte, um sie, Maja, endgültig an sich zu ketten und sie daran zu hindern, ihr eigenes Leben zu leben. Von welchem sie natürlich nichts, nichts Wesentliches wusste, woher auch, sie verloren schließlich nie ein Wort darüber. Schon als sie Kind war, wehrte Maja jenen Grad der Intimität ab, den Mütter so gerne ihren Töchtern abpressen wie etwas, das ihnen von jeher zusteht, dass sie nämlich Einblick erhalten in ihr innerstes Leben, auch noch in das kleinste ihrer Geheimnisse, dass sie nicht Mutter und Tochter, sondern Freundinnen seien. Brrr. Und mit was für einem Recht hätte ihre Mutter das von ihr verlangt, wo sie doch von sich selbst nie etwas preisgab. Dabei hätte es eine Zeit gegeben, da es Maja noch interessiert hätte. Aber nie kam auch nur eine einzige ehrliche Antwort, so dass relativ früh auch die Fragen wegblieben. Mutter kramte weiter im Flur und trat dann plötzlich in die Halle und sah Maja an, die immer noch in der Tür des Badezimmers stand.

Nein. Er hat eine Biopsie gemacht. Aber das war beim letzten Mal. Heute bin ich wegen der Befunde hin.

Majas Gehör funktionierte auch diesmal gut, sie hörte hinter den dumpf und scheinbar teilnahmslos ausgesprochenen Worten kristallklar die wahre Bedeutung heraus.

Nur das nicht, nicht jetzt, nicht wieder eine dramatische Verkündigung, sonst, ich schwöre es, erdrossele ich sie mit dem Telefonkabel. Aber da strömten ihr schon die Tränen aus den Augen, und das abgehackte Schluchzen brach aus ihr heraus wie zuletzt als kleines Mädchen, als sie dachte, sie hätte ihre Mutter auf einem überfüllten Bahnhof verloren. Ihre Mutter sah sie erschrocken an.

Majalein, was ist, was ist passiert?

Maja heulte da schon brüllend wie ein Kindergartenkind.

Sie kommt nicht mit … sie kommt nicht mit zu den Stones.

Und sie zeigte auf die angepinnten Karten wie auf Indizien für ein Verbrechen. Ein blasses Lächeln zog über das abgemagerte Gesicht ihrer Mutter, sie trat an Maja heran und zog ihren Kopf zwischen Schulter und Kinn, an ihren Hals. Mutters Duft, dachte Maja, Madame Rochas, Femme.

Glaub mir, es ist besser so, es ist für euch beide besser so. Du wirst schon jemand anderen finden.

Maja dachte, sie hört vor lauter Weinen schlecht. Aber an ihrem Gehör lag es auch diesmal nicht.

Majalein, könnte nicht ich mit zu dem Konzert? Ich mochte die Rolling Stones auch, weißt du!

Mochte, so sagte sie es, in der Vergangenheitsform. Und sang los, ein wenig mit Akzent, aber sonst mit fehlerlosem Englisch: Good-bye, Ruby Tuesday/Who could hand a name on you?

Mutter, ich bitte dich, sagte Maja, unter Tränen lachend. Wer geht schon mit seiner Mutter zum Stones-Konzert?

Na du, meine Kleine. Wir reisen zusammen, wie früher.

Es war schon fast dunkel geworden. Den Hauswänden entströmte die Hitze wie einem Ofen, in den Fenstern gegenüber flackerte das bläuliche Licht von Fernsehern. Mutter fing leise das rhythmische Sprüchlein an, das sie auf Reisen immer in Majas Ohr flüsterte, um sie zu beruhigen. Wir-reisen-wir-rei-sen-mit-Maja-lein-wir-rei-sen. Kaum spürbar wehte jetzt ein Lufthauch von der Donau herüber und die Klangfetzen eines Ausflugsschiffs vermischten sich mit ihren flüsternden Worten.

Drei Versuche mit Bartók

Sie saßen im Dunkeln, auf unbequemen Klappstühlen, Schemeln, in verschlissenen, zerfasernden Fauteuils, auf einem weichen, schiffsartigen Diwan, auf Küchenstühlen und Puffs, auf Hockern und Bohnensäcken. Warteten auf die versprochene Produktion. Was suchte sie hier, das hätte sie gerne gewusst, warum zum Teufel hatte sie sich hierher mitschleppen lassen, in diese überfüllte, nach nassem Hund riechende heruntergekommene Wohnung in der Theresienstadt. Unerträglich, wie Marcsi immer ihren Willen durchsetzen muss. Immer. Als sie das Land verließ und damit auch ihre um zwei Jahre ältere Schwester, ließ sie auch dieses resolute Drängen zurück, wie ein plötzlich hingeworfenes, schweres Gepäckstück. Es war nicht der Grund gewesen zu gehen, aber dass es überhaupt keine Rolle gespielt hätte, wäre zu viel gesagt. Ihr rechtes Auge zuckte plötzlich, sie unterdrückte ein Lächeln. Drüben konnte ihr niemand so nahe kommen, dass er sich getraut hätte, etwas mit Gewalt gegen sie durchzusetzen. Meist waren alle höflich und freundlich, oder wenn nicht, dann zumindest respektvoll auf Abstand bleibend. Sim, Dona Catarina, como não, Dona Catarina, como a Senhora deseja. Wie Sie wünschen, gnädige Frau. Sie musste nach Hause kommen, um zu merken, wie es ihr gefehlt hatte, dass sie jemand zu etwas zwang. Dass man an ihr herumzerrte, ihr ein Ohr abkaute, sie nicht in Ruhe ließ, sie mit ihrem richtigen Namen ansprach. Katica, sei kein Holzkopf. Als ob du je etwas anderes gewesen wärst. Aber diesmal musst du kommen. Seit zwei Tagen wiederholte Marcsi es ununterbrochen. Was sie nun hier suchte, wusste sie nicht genau; sie war seit vierzig Jahren nicht mehr zu Hause gewesen. Aber vielleicht hatte sie genau das gesucht. Dieses Gezerre, dieses Festklammern.

Du weißt, ich besuche keine Konzerte. Oder, kann sein, du weißt es nicht. Dann erfährst du's eben jetzt; ich besuche keine Konzerte und fertig.

Katica, jetzt hab dich nicht so – auch das hatte sie seit vierzig Jahren nicht mehr gehört, Katica, hab dich nicht so, komm runter auf den Platz, Katica, hab dich nicht so, komm mit Schlitten fahren, ins Kino, tanzen – aber sie ging nie, sie durfte nicht, sie musste üben, vier, fünf Stunden täglich nach der Schule, sie musste *ihrem Talent huldigen*, wie Tante Mimi am Ende der Klavierstunden stets betonte, und sie huldigte, sie huldigte hart, wie auch ihre Lehrerin, indem sie dieses Ausnahmetalent umsonst unterrichtete, denn von Haus aus hätten sie die Stunden nicht bezahlen können, vorausgesetzt, ihr ausdauernd betrunkener, bedauernswerter Vater hätte es überhaupt gewollt. – Wozu, man kann sich kein Bier davon kaufen, und das verfickte Land wird auch nicht erträglicher davon. – Aber, was das anbelangt, hatte sich der Alte geirrt, denn die Musik war das Einzige, von dem es, wenn auch nur für Momente, erträglicher wurde.

Das ist nicht so ein Konzert, beharrte Marcsi, nicht *so* eins, ganz anders, du wirst sehen. Du musst kommen.

Du musst. Du musst – seitdem sie von hier weg war, musste sie gar nichts mehr. Weder denken noch tun. Sie musste nicht mehr Klavier spielen oder Festkonzerte für Parteifunktionäre geben, sie musste keine Worte und Sätze sagen, deren Bedeutung in irgendeiner Zentrale festgelegt worden war, sie musste nicht die in den Zwillich des Alltags hineingewebten und unter die Haut sickernden Lügen ertragen, sie musste nicht lange Stunden warten, bis der, auf den sie wartete, endlich kommen konnte, sich von zu Hause losmachen, sie musste sich, nachdem er eingetreten war, nicht an die Wand des Flurs pressen, nicht ihre Bluse aufreißen und nicht ungeduldig ihre Schenkel auseinanderdrücken lassen, sie musste nicht blind nach dem Mund des anderen suchen, sie musste nicht zulassen, dass er in sie eindrang, und nicht spüren, wie die Leere ausgefüllt wurde, die sie seit Tagen mit sich herumtrug, sie musste nicht auf das noch aus richtigem Nussholz gefertigte Parkett des Entrees stürzend daran denken, wenn es überhaupt ein Gedanke war und nicht eine auf chemischem Wege codiert verschickte Nachricht, dass ohne dies hier alles andere vergehen möge, all das musste sie nicht mehr, und einige Jahre später, als der Mann, der ihr nur auf der Konzertbühne ganz und gar gehörte, am Gipfel seiner Karriere Arm in Arm mit seiner Ehefrau über die geöffnete Grenze schritt und sie und das Land verließ, musste sie sich nicht wieder vollständig erholen, weil der Straßenbahnfahrer zu gute Reflexe gehabt hatte und die von Schlafmitteln auch bei Tage benommen über die Straße gehende junge Frau nur gerade so weit streifte, dass sie in der Lage war, das Krankenhaus auf eigenen Füßen zu verlassen und sich in ein Taxi zu setzen, das ihr Marcsi bestellt hatte, sie musste nicht mit ihr in die Bolgárkertész-Straße fahren zu der Katze, den Pflanzen und den die kleine Wohnung ihrer Schwester gleichmäßig bedeckenden Buchhalterpapieren, sie musste nicht mit dem Wissen darum weiterleben, dass sie keine Kinder mehr bekommen konnte, denn sie selbst war vom Eisenstück, das sich in ihre Gebärmutter gebohrt hatte, zwar nicht gestorben, nur der Fötus, der war gestorben, sie musste nicht weiterleben in einer Stadt, die nur noch eine vertrocknete, leere Hülle war, denn als sie sie zwei Jahre später, im Frühjahr 1958, ebenfalls verließ, war es, als hätte sich auch in ihrem Gehirn, in sämtlichen Molekülen ihres Körpers ein eiserner Vorhang niedergesenkt, und von da an hörte für sie alles auf zu existieren, das bis dahin ein *Muss* war und das sie bis dahin für ihr Leben gehalten hatte. Plötzlich musste sie gar nichts mehr, aber sie dachte immer nur darüber nach, wovon sie sich gerade befreit hatte. Später, an einem Morgen, erwachte sie und merkte, dass sie sich an nichts mehr erinnerte. Dass das Rumoren des Meers, das Lärmen des Fischmarktes auf dem Platz unter ihrem Fenster, die seidigen Vokale der fremden, weichen Sprache, die Rufe der auf dem Strand Fußball und Volleyball Spielenden und die traurigen Töne des gerade im Entstehen begriffenen Bossa Nova endlich alles andere getilgt oder unterdrückt hatten. Und dann vergingen vierzig Jahre.

Ich habe mein Zehnmillionen-Land verlassen. Ich habe die Erde gesehen. Ich habe die Jahrzehnte gelebt. Die Zeit hat mein Gesicht in eine viereckige Form gegossen. Aber ich habe keine Erinnerung mehr. Das Buch hatte sie in der geliehenen Wohnung gefunden, sie nahm die Sätze an, als wären es ihre eigenen. Den Autor kannte sie nicht, er muss nach ihrer Zeit angefangen haben. Sie probierte aus, wie es war, wenn sie die Sätze auf sich bezog; geliehene Sätze in einer geliehenen Wohnung. Sie sprach sie laut aus, um zu hören, ob sie sich falsch anhörten. Sie spielte mit den Personalpronomen, dem Singular. Früher hatte sie solche Sätze gemocht: jemand habe Jahrzehnte gelebt. Und: Zeit verging. Die dicke, pampige Masse der Romane quillt aus solchen Sätzen hervor, es tut gut, sich darin zu verlieren, unterzutauchen. Doch jetzt ließ es sie eher verzweifeln, wenn sie so etwas las. Ihr ganzes geliehenes Leben war in so einen Satz hineingezwängt. Sobald sie die Wörter aussprach, hörte sie, dass sie, ebenso wie ihre vergangenen vierzig Jahre, nur etwas vom Vergehen der Zeit erzählten, sonst nichts. Bei jedem weiteren Satz zuckte ihr Gesicht und zog für einen Moment ihr rechtes Auge zu. Ihr Gesicht zuckte seit vierzig Jahren, über jeden anderen physischen Ungehorsam konnte sie Herr werden, doch dieser hartnäckige kleine Gesichtsmuskel ließ sich nicht unterkriegen. Jeder kleine Tick erinnerte sie an den Mann, wegen dem sie vor vierzig Jahren ihr Zehnmillionen-Land verlassen hatte. Der dafür verantwortlich war, dass sie die Erde gesehen hatte. Wegen dem sie die Jahrzehnte unter den fremden Sternbildern der südlichen Hemisphäre gelebt hatte. Crux, Vela, Pyxis, Hydra, Serpens, Canis Maior, Orion, Tucana, Indus. Wegen dem die Zeit ihr Gesicht in eine viereckige Form gegossen hatte. Wegen dem sie sich nicht erinnern konnte, nicht erinnern wollte.

Du gehst zurück, verstanden? Du gehst zurück und schaust nach, ob du immer noch da bist oder ob es dir endlich gelungen ist, umzuziehen. Du bist langsam, schmerzlich langsam. Wie viel Zeit brauchst du noch? Es wird nicht gefeilscht. Du gehst zurück, und wenn es sein muss, stoße ich dich mit der Nase auf die Vergangenheitsform. Der Anschein ist nicht alles, der Anschein trügt. Tut so, als wäre der Ort derselbe Ort. Als wäre an dem Ort alles an seinem Platz, wenn auch ein wenig abgewetzt. Du schaust dich um, da ist der Donau-Korso, da sind die Anlegestellen, da ist die Brücke mit den Löwen, da ist der Sonnenuntergang, alles ist da. Ich bitte dich, sei kein Dodo. Die Dinge muss man in erster Linie riechen. Den Geruch der sich zersetzenden Zeit. Den charakteristischen Verwesungsgeruch des Mülls der Vergangenheit, der aus den Mülleimern strömt und sich über die Stadt legt, den muffigen Geruch der ungarischen Galauniformen, die man aus der Tiefe der Schränke zwischen den Mottenkugeln hervorgeholt hat, den abgestandenen Papiergeruch der in den Antiquariaten aufbewahrten Bücher, Alben, Atlanten und Postkarten, den ekelerregenden, süßlichen Geruch der Familienpapiere, der Korrespondenzen, der Heirats- und Geburtsurkunden, der Totenscheine und der Fotoalben und der per Hand geschriebenen Rezepte. Wenn du einen tiefen Atemzug aus der mit Smog geschwängerten Luft des Novembernebels nimmst, kannst du den Geruch des Urins herrenloser Katzen im Asphalt wahrnehmen, den Geruch der gelben Keramikfliesen, die früher die Straßen der Stadt bedeckten und im Winter so rutschig waren, den Geruch der Lederhandgriffe in den nur aus einem Triebwagen bestehenden Straßenbahnen und den Geruch der aneinandergepressten, vor Regen und Nebel feucht ausdampfenden Wintermäntel, den Geruch des ersten Schnees, der über der Stadt fällt, und den Geruch der Holzheizungen, den von der Donau herüberwehenden Donau-Geruch, den feuchten Holzgeruch der Bootshäuser am Römer-Ufer, den schweren Eintopfgeruch der Schulmensen, den frühmorgendlichen Geruch des Gesichtswassers der Männer, die zur Arbeit gehen, den an verdorbenen Fisch erinnernden Geruch der sich stets wiederholenden Nachrichten der Zeitungen, den Geruch der leeren Ladenregale, den Glücksgeruch der unter der Theke herausgereichten, nicht existenten Waren, den gestopften Wattegeruch der Hochfrisuren der Kassiererinnen, den schwefeligen Geruch des Hunyadi-Bitters und der türkischen Bäder, den peinlichen Furzgeruch der vorgeschriebenen Wörter und Ausdrücke, außerdem kannst du, bei entsprechender Windrichtung, den Geruch der verlassen in den Schränken hängenden, ausgedienten Lodenmäntel riechen, den Geruch des tief auf Lunge genommenen ersten Zigarettenzugs jener, die gerade aus dem

Gefängnis entlassen wurden, und du kannst in warmen Sommernächten auch den miefigen, klebrigen Geruch der heimlichen Tête-à-têtes aufschnappen, der aus den Fenstern des Grand Hotels auf der Margareteninsel wehte. Du musst nur drauf achten. Achte darauf. Erst kommen die Eindrücke nur schwach, in Spuren bei dir an, später immer stärker. Aber sie kommen nicht immer aus der Richtung, aus der du sie erwartest. Sei offen. Es gibt keine andere Lösung, man muss das zu Ende bringen.

Die ihr von der Verwandtschaft überlassene Wohnung lag nicht dort, wo sie aufgewachsen waren. Hier gab es keine Bierfabrik, dafür modische Kaffeehäuser und Restaurants, eins neben dem anderen, in einer unendlichen Reihe, sie hatte keine Ahnung, welches was anzubieten hatte, anhand welcher Kriterien sie eine Entscheidung treffen sollte, die Farben, die Form der Einrichtung und die auf den Terrassen sitzenden Menschen waren ihr fremd, gar nicht mal persönlich, sondern vom Typ her. Bei jenen, die auf den Terrassen der Avenida Atlântica saßen, konnte sie mit einem Blick ermessen, in welchem Teil der Stadt ein jeder von ihnen sonst lebte; bei denen hier nicht mehr. In den Kneipen und Stampen an der Százados-Straße hätte sie sich vielleicht noch zurechtgefunden. Scher dich nach Hause zu deiner Mutter, sie soll sich ihre Botschaften sparen. Sternengucker, so wurde die Lieblingskneipe ihres Vaters in der Umgebung genannt, weil die, die sich nach der Arbeit hier die Kante gaben, alle vor der Ladentür standen und den Boden der Bierflasche Richtung Himmel hielten, als würden sie durch Fernrohre schauen. Sie wird dir gefallen, du wirst sehen, sagte ihre Schwester, mit der sie in den Schulferien gemeinsam zur Arbeit gegangen war, gemeinsam hatten sie Bierflaschen ausgewaschen, jene alte Sorte, deren glatten Porzellanbügelverschluss sie so gerne aufschnappen ließ. Die Wohnung ist hier, im Herzen der Stadt, von hier aus kommst du überall leicht hin, ich wollte nicht, dass du so viel Straßenbahn und Bus fahren musst. Und außerdem, seitdem Imi ausgewandert ist, steht sie sowieso leer, ich hatte keine Kraft, sie auszuräumen und zu vermieten. Ja, dachte sie, aber von hier aus ist wiederum der Friedhof weit weg, wo der Rest der Familie liegt. Der Alte, ein anständiger Malocher, den sie wegen ihrer Flucht ins Kittchen gebracht hatten und der sich nach einigen Monaten im Gefängnis erhängte, und ihre Mutter, die ihm zwei Jahre später an Krebs hinterherstarb. Nun, von hier aus musste sie lange Straßenbahn und Bus fahren, wenn sie Lust auf einen kleinen Plausch bekam. Aber mit wem und worüber. Sie kam noch nicht einmal, als der Mann ihrer Schwester begraben wurde, sie log, sie hätte kein Geld. Wenn sie für die Lebenden nicht heimkehrte, dachte sie damals, warum sollte sie es dann für einen Toten und noch dazu einen unbekannten Toten tun. Als Tote reichte sie sich selbst, in einer tropischen Stadt, in der man nicht wusste, wer Katalin Karády war, der sie, das hatte man ihr noch zu Hause gesagt, so sehr ähnlich sah, und wo auch sie nicht wusste, wie die Straßen vorher geheißen hatten. Es sei denn, alles hatte von Anfang an so geheißen, wie es immer noch hieß.

In jener vor Licht und Dunst schimmernden Stadt spielte sich immer alles in einer permanenten Gegenwart ab, in die sie irgendwann selbst hineinfloss, wie das Regenwasser von den Hügeln der Favelas ins Meer. Das war ja gerade das Gute daran, diese permanent wogende, niemals abreißende Gegenwart, die alles andere ausradierte, wegwusch. Buchstaben in den Sand gemalt, eine Welle, und dann wieder nichts. Immer und immer wieder so. Aber eines Tages, nachdem sie das ruckelnde Metallrollo heruntergezogen und den kleinen Instrumentenladen an der Ecke der Praça Osório geschlossen hatte und sich in einer der aus dem letzten Jahrhundert übrig gebliebenen, klapprigen Straßenbahnen des Santa-Teresa-Viertels auf den Weg nach Hause machte, als sie gewohnheitsgemäß ihre Hand hinausstreckte, um durch das Tramfenster die verfallenden Hauswände in der engen, kurvigen Straße zu berühren, hatte sie plötzlich das Gefühl, ihr eigenes Leben zu berühren, das sich zwischen genau solchen engen und verfallenden Wänden in genau solchen namenlosen, engen und verfallenden Straßen abspielte. Dass sie keinen Ausblick hatte, keine Perspektive, zu der sie alles andere in Beziehung hätte setzen können. Dass sie sich ihre Vergangenheit zurückholen musste, oder wenigstens ein Stück davon. Und nun stand sie hier vor dem Bücherregal einer Wohnung in der Ferenc-Liszt-Straße und musste herausfinden, ob es möglich war, dass sie ihr Leben ebenso wie einer der Nebendarsteller dieses zufällig aus dem Regal gegriffenen Buchs nur schrittweise lebte, von Schritt zu Schritt, von Stunde zu Stunde. »Er lebt und vierundzwanzig Stunden sind nur vierundzwanzig Stunden, sonst nichts«, las sie durch ihre elegante Brille mit vielen Dioptrien. Das musste sie irgendwie herausfinden. Ob das möglich war. Nach vierzig Jahren konnte sie sich nur nicht vorstellen, wie sie das anfangen sollte.

Wenn du die Gerüche hast, kannst du anfangen, dich umzusehen. Ob wir es wissen oder nicht, jeder von uns hat einen besonders prominenten Sinn, um den sich sein Leben organisiert oder aber den er in sich unterdrückt. Finde heraus, welcher es ist, befreie ihn, lass ihn atmen, lass zu, dass er dich fortträgt und dort ablädt, wo er will. Bis es so weit ist, schau in den von Unkraut überwucherten Fugen der Pflastersteine nach, die es in der Stadt noch gibt, hinter die Kühle der Hauswände, unter die tausend Unterröcke der Volkstänzer, unter die Parolen und die uniforme Kleidung der Demonstranten am Ersten Mai, unter die Medaille für hervorragende Leistungen in der Industrie in Gold mit Lorbeerblatt, wirf einen Blick in die klaffenden Bombenkrater, in die noch unaufgedeckten Massengräber und in die Tiefe der Krematorien, stochere ein wenig, vielleicht glüht da noch etwas, und dann unter die knatternden Räder der Pionier- und der Parkeisenbahn oder des Schnellzugs nach Balatonszárszó, unter die stolz flatternde Fahne der Jungpioniergruppe Nadeschda Krupskaja, unter das Flinke-Hände-flinke-Füße und unter das Adieu-mein-kleiner-Gardeoffizier, und unter die scheinbar ohne Grund bebende Haube der Buffetfrau im Opernhaus, unter den stolz getragenen, befiederten Hut der Näherinnen aus der Vác-Straße, unter die faltig werdenden Brüste der alleinstehenden Genossenschaftsbuchhalterinnen, unter den verstohlen gedrehten Suchknopf des Weltempfängers, unter Flora und Fauna der moorigen Abschnitte der Landesgrenze, ganz tief, tief Luft holen, erst auf der anderen Seite wieder auftauchen, und dort dann auch unter die andere Seite gucken, hinunter bis zum Magma, nachsehen, was dort ist, wenn dort überhaupt was ist.

In Wahrheit hatte sie mit der Wohnung natürlich ein anderes Problem. Sie lag zu nah an der Städtischen Musikschule, durch deren hohe, im Sommer weit geöffnete Fenster, die ihr so peinigend gut bekannt waren – auf einmal fühlte sie die Kühle der gebogenen Messingklinken in der Handfläche –, so ununterbrochen Musik herausströmte, als würde man, wie bei den Italienern die trocknende Bettwäsche, hier die aufeinanderfolgenden Tage der Woche an den Notenhälsen aufhängen. Als wäre Musik ein grundlegender Haushaltsgegenstand, ohne den die Stadt funktionsuntüchtig wäre. Und mit dieser Annahme lag sie gar nicht mal so falsch. Durch die Fenster der ihr überlassenen Wohnung, nur wenige Straßen entfernt im vierten Stock, kamen auch einige Klangfetzen hereingeflogen, und das war nun wirklich kaum zu ertragen. In den zurückliegenden Jahren hatte sie alles versucht, die Musik so fern wie möglich von sich zu halten, den Genuss klassischer Musik – für sie war wirklich nur E-Musik ernst zu nehmen –, und mit dem Spielen hatte sie an jenem Tag aufgehört, als Marcsi sie aus der Klinik in der Üllői-Straße abgeholt und in ein Taxi gesetzt hatte und ihre monatelange Rekonvaleszenz begann. Die anderen Musiken, die ihre neue Heimat durchdrangen, störten sie irgendwie nicht, sie gingen durch sie hindurch wie ein leichter Durchfall, sie hörte sie kaum. Da sie aber von nichts anderem etwas verstand (mit einem Hutsalon war sie in einer anderen Stadt bereits pleite gegangen), war der einzige Kontakt zur Musik, den sie bereit war zu akzeptieren, der geschäftliche. Sie war nur bereit, die Musik zu verkaufen, sie zu verscherbeln, so, wie die Musik auch sie, ihrem Gefühl nach, verscherbelt hatte. Sie beobachtete mit Genugtuung, wie sich ihre Kunden nach und nach in ein Musikinstrument verliebten, das gar nicht zu ihnen passte, und es schließlich, ihrer sich entfaltenden Leidenschaft nachgebend, kauften. Meist sah sie das Ende dieser Beziehung voraus, wie sie langsam einen Hass auf das Instrument entwickelten, das sie nicht zu beherrschen lernen konnten. Ein Klavier besaß sie nicht mehr, nachdem sie von einer Konzerttournee durch England nicht mehr zu ihrem Bechstein in der Nagydiófa-Straße zurückgekehrt war, weder in die Nagydiófa-Straße noch ins Land. Und auch im Konzert war sie seitdem nicht mehr gewesen.

Sich umzuschauen ist relativ einfach, aber irgendwann muss man auch schmecken und tasten. Das ist schon schwieriger. Man muss die Kaffeekellnerinnen nach der Arbeit unter die müde Achsel fassen, unter die verrottenden Blumenkränze der Friedhöfe und die schmuddeligen, fettigen Sitze der ausgedienten Züge, und dann muss man auch noch Gottes Fuß anfassen oder wenn das nicht geht, dann, wie der Alte sagen würde, irgendetwas Ähnliches; man muss die wortkargen Braille-Nachrichten der Einschusslöcher in den Hauswänden abtasten, die vom Rohrstock in der Schule geschlagenen, unter der Kleidung versteckten roten Wülste und die blaubräunlichen Tintenkleckse auf den Gnadengesuchen, man muss in die Tiefe der nach Tintenfüller riechenden Schubladen der Großmütter greifen, unter muffige Bettdecken in den säuerlich riechenden Monatszimmern der Straßenmädchen und Laufburschen, man muss die verschluckten Geständnisse schmecken, die in Zaum gehaltenen Leidenschaften, die den verstümmelten Texten fehlenden Worte, die aus der schmutzigen, städtischen Donau gefischten, nach Öl schmeckenden Fische, den türkischen Honig am Ersten Mai, den Baumkuchen und den heimlichen Alk der schweigsamen Väter, den sie von der Westreise mitgebracht haben.

Und dann muss man nur noch lauschen und zuhören.

Rosenstein, der Hausherr des Abends, ein alternder Pianist, der seine Starkarriere vor Jahrzehnten nicht ganz freiwillig aufgegeben hatte, sah zufrieden auf das ungefähr fünfzigköpfige Publikum, das sich in seinem Wohnzimmer drängte. Einmal im Monat gab es diese Hauskonzerte, den Zeitpunkt, der sich von Mal zu Mal änderte, gab man in der aufgeregten Stadt von Mund zu Mund weiter, und die Gäste durften ihre Plätze in der Reihenfolge des Eintreffens einnehmen. Die nicht mehr hineinpassten, standen im Hausflur und im Treppenhaus und hofften, von dort den einen oder anderen Musikfetzen zu erhaschen. Es herrschte eine konspirative, rebellische Stimmung, etwas, das auf unerklärliche Weise das jeweilige System in Frage zu stellen schien. Wer dort sein durfte, konnte das Gefühl haben, an einem geheimen Einweihungsritual teilzunehmen, über das man nicht redete, nachdem man gegangen war. Wer Bescheid weiß, weiß Bescheid, der Rest ist selber schuld. Rosenstein selbst trat nie auf, das war eine Frage des Prinzips für ihn. Er lud andere Pianisten ein, deren Namen er dem sich ungeduldig windenden Publikum erst verriet, nachdem er einen kurzen, brillanten Vortrag über den Komponisten, der an jenem Tag auf dem Programm stand, gehalten hatte. Nach dem kurzen, leidenschaftlichen Text, in dem er mit aufgeheizten, absichtlich provokativen Worten von der Erotik Bartóks sprach, begrüßte er die Versammelten leutselig, wie ein exkommunizierter, charismatischer Priester seine ihm stur treu bleibende Gemeinde. Heute Abend werden Sie eines besonderen Erlebnisses teilhaftig, sagte er. Mein lieber alter Freund, der Pianist Aladár Inkey, wird in vollständiger Dunkelheit, nur beim Licht einer Fahrradstirnlampe die Klavierfassung von Bartóks *Musik für Streichinstrumente, Schlagzeug und Celesta* vortragen.

Leises, erwartungsvolles Raunen ging durch den Raum. Sie wusste, sie hätte nicht kommen sollen. Sie hatte zugelassen, dass Marcsi sie vom Liszt-Ferenc-Platz in die nahe Kertész-Straße schleifte, es ist ganz hier in der Nähe, hatte sie auf sie eingeredet, du wirst sehen, du wirst es nicht bereuen, doch vor dem rostigen Eisentor der seit dem Krieg unangetasteten Jahrhundertwende-Mietskaserne wäre sie fast doch noch umgekehrt. Nein, sie wollte zu keinem Konzert, auch nicht, wenn es nicht *so* eins war. Am wenigsten hier, in dieser Stadt. Es fehlte noch, dass sie einem Bekannten begegnete. Doch Marcsi erinnerte sie daran: Nach vierzig Jahren wird sie keiner mehr erkennen – *die Zeit hatte ihr Gesicht in eine viereckige Form gegossen* –, ihr Haar war schon ganz grau, und die mit leuchtenden Farben geschminkte Maske, die sie sich in den Tropen angewöhnt hatte, würde ihr Übriges dazu tun. Und außerdem kam hierher nicht das übliche Konzertpublikum, sondern wer weiß was für Leute. Sie selbst sei zum Beispiel noch nie einem Bekannten begegnet, obwohl sie natürlich bis jetzt auch nur zweimal dabei gewesen war, denn es sei schwer herauszufinden, wann wieder was stattfindet, aber nun habe sie ausnahmsweise von einem Kunden davon gehört. Das darf man sich nicht entgehen lassen, es wird sich garantiert lohnen. Dieses eine solle sie ihr zuliebe tun. Die erste Bitte seit vierzig Jahren. Darauf konnte sie nun wirklich nichts mehr erwidern.

Der Name des Pianisten sagte ihr, ebenso wie der Rosensteins, zum Glück nichts, doch als sie den Titel des Musikstücks hörte, erstarrte sie. Das war das letzte Stück ihres letzten gemeinsamen Konzerts gewesen. Der warme, intime Lichtschein in der Akademie, die vergoldeten allegorischen Figuren, der matte Glanz der lackierten Stühle, der abgestandene Duft von Parfum und Rasierwasser. Sie wusste, dass der Mann gehen würde. Sie wusste, es war ihr letztes gemeinsames Konzert. Dass er ohne sie gehen würde. Sie wusste, es würde ihr letztes Konzert sein. Irgendwie spielte sie die Noten herunter, wie eine Schlafwandlerin, eine Außerirdische. Die weiche, leicht verschwitzte Dirigentenhand des Mannes in ihrer Hand, wie er sie zur Verbeugung nach vorne führt. Sein ausrasierter Nacken, sein nach hinten gekämmtes, pomadisiertes, dunkles Haar, sein fleischiges Ohrläppchen. Sie nahm Schlafmittel und schlief zwei Tage durch. Als sie aufwachte, wie ein aus der Rolle gefallenes Dornröschen, waren der Mann und seine zartgliedrige Ehefrau schon abgereist. Um nichts in der Welt werde ich mir das zu Ende anhören, dachte sie, aber als sie sich umsah, sah sie, dass es unmöglich war, aus dem überfüllten Zimmer hinauszugelangen. Noch dazu wurden in diesem Augenblick die Lichter ausgeschaltet, und nun saßen sie im Dunkeln und warteten, dass der Vortrag begann. Einige Minuten vergingen, dann erschien eine dürre Gestalt, einer Erscheinung gleich, im schwankenden Licht der Fahrradlampe betrat sie das Zimmer und setzte sich ans Klavier. Das wird eine schwere Nummer, sagte der kahlköpfige, beleibte Rosenstein noch zufrieden, wie ein ergreister Zirkusdirektor, der einen Salto mortale ohne Netz ankündigt. Ein schweres Stück, unter schweren Bedingungen. Dann zog er sich zurück ins Dunkel. Und umsonst hatte sie ihr Zehnmillionen-Land verlassen, umsonst hatte sie sechzigplus Jahre gelebt, umsonst hatte sie die Erde gesehen, jetzt konnte sie nichts tun, sie drückte ihren Rücken gegen die Lehne des Klappstuhls und wie jemand, dem eine Vergewaltigung bevorstand, bereitete sie sich auf das Schlimmste vor.

Aladár Inkey beugte sich über die Klaviertasten und begann das bekanntermaßen sehr schwere Stück zu spielen. Sein Schwung trug ihn aber nur bis über die ersten paar Takte, dann blieb er hängen und hielt an. Das Publikum wartete gespannt im Dunkeln. Verzeihung, sagte Inkey leise, ich beginne von vorn. Er machte sich wieder daran, passierte glücklich die Stelle, an der er soeben hängengeblieben war, wenige Takte später jedoch hielt er wieder an. Inkey wischte sich die jetzt schon stark schwitzende Stirn. Ich verstehe es nicht, flüsterte Inkey, eher nur vor sich hin. Zu Hause habe ich es dreimal fehlerlos zu Ende gespielt; ich verstehe nicht, was hier los ist. Und als hätte er plötzlich etwas gespürt, starrte er ins Dunkel des Zimmers. Bitte, verzeihen Sie, sagte er mit zitternder Stimme, ich versuche es noch einmal. Katica, was machst du, sitz still, zischte Marcsi, aber sie hatte das Gefühl, sie müsse sich selbst und diesem glücklosen Kerl zuliebe versuchen, das Zimmer zu verlassen, damit sie diesen Abend irgendwie überlebte. Sie wollte sich erheben, aber dann ließ sie sich kraftlos wieder fallen. Sie sah ein, dass sie keine Chance hatte, sie konnte sich nicht rühren. Sie wusste, warum es dem Pianisten nicht gelang, das Stück zu Ende zu spielen, und dass nur sie helfen konnte, indem sie den Raum verließ. Aber sie wusste auch, dass sie jeden hätte aufstehen lassen müssen, um sich ihren Weg durch die Menge zu bahnen, und das konnte sie schon deshalb nicht tun, weil es missverständlich gewesen wäre. Sie würden denken, sie geht, weil sie empört ist, weil es ihr in ihrem grenzenlosen künstlerischen Anspruch nicht möglich ist, einem so unfähigen Versager noch weiter zuzuhören, dass sie also letzten Endes ein herzloses, gnadenloses Biest ist. Letzteres war gar nicht so weit von der Wahrheit entfernt, es hat sie vierzig Jahre gekostet, so weit zu kommen. Aber einem Kollegen, noch dazu einem, wie man schon nach wenigen Takten gut hören konnte, talentierten Kollegen, konnte sie das nicht antun. Obwohl, dachte sie plötzlich, wenn er es wirklich ihretwegen nicht zu Ende spielen konnte, wenn er wirklich die negative Energie spürte, die im Dunkel auf ihn zuströmte, dann würde er vielleicht auch spüren, dass sie nicht gegen ihn, sondern für ihn, ihm zuliebe ging.

Egal, zu spät, Inkey machte sich wieder daran, und man konnte die fast ins Unerträgliche gesteigerte Spannung im Zimmer spüren, wie die Zuhörer wie ein Mann die Daumen drückten, dass es ihm nun endlich gelänge, das Bartók-Stück zu Ende zu spielen. Aber er blieb auch ein drittes Mal stecken. Er vergrub sein Gesicht in den zitternden Händen und saß einige Sekunden lang unbewegt da, wie ein beleuchteter archäologischer Fund. Dann rannte er aus dem Zimmer und wenig später hörte man die Eingangstür zufallen. Und sie hatte das Gefühl, die Erde tue sich unter ihr auf. Es gibt keinen Priester, dem sie sich hätte erklären können, ihre Sünde beichten, wenn sie überhaupt jemals in die Kirche gegangen wäre. Wie hätte sie denn beichten können, dass sie sich mit ihrer puren Anwesenheit, ihrer puren Existenz versündigt hatte, und wie hätte sie davon erlöst werden können. Wie hätte sie irgendjemandem erklären können, dass sie selbst dieser Pianist mit der Grubenlampe war, der umsonst das Dunkel absuchte, er würde immer und immer wieder die Musik verfehlen. Dass sie vergebens nach vierzig Jahren hierhergekommen war, vergebens hatte sie versucht, sich zu erinnern, vergebens hatte sie sich bemüht, sie konnte es nicht mehr.

Sie erwachte erst aus ihrer Erstarrung, als Marcsi sie in die Seite knuffte, denn in der Nähe der Tür geriet auf einmal etwas in Bewegung, Schritte waren zu hören, und schließlich hörten sie neben dem Klavier Rosensteins gemessen an seiner Körperfülle überraschend dünne, kratzige Stimme. Ich bitte Sie auch im Namen meines Freundes um Nachsicht, sagte er. So etwas kann jedem passieren, fügte er hinzu, mit der Großzügigkeit jener, denen so etwas noch nie passiert ist. Aber ich bitte Sie, gehen Sie noch nicht, ich möchte Sie gerne mit etwas entschädigen, wenn Sie erlauben. Wenn Sie schon so freundlich waren, sich hierherzubemühen. Und dann setzte er sich ohne weiteres Federlesen ans Klavier und fing an, ein *Präludium und Fuge* von Bach zu spielen. Die angespannten Bewegungen im Publikum hörten mit einem Schlag auf und Rosensteins seit Jahrzehnten nicht mehr gehörtes melancholisches und doch glühendes Spiel bedeckte das abgewetzte innerstädtische Zimmer wie winters der frisch gefallene Schnee den Schmutz der Stadt. Nach einigen Minuten sah sie im Zwielicht verstohlen zur Seite, um zu sehen, ob auch ihre Schwester hörte, was sie hörte, und da merkte sie, dass Marcsis Gesicht unterhalb ihres rechten Auges zuckte, genau dort und genau so, wie es auch ihres oft tat. Und es war vielleicht gar nicht so sehr die sie unerwartet in Wellen überflutende Wonne der Musik als eher dieses winzige, wohlbekannte Zucken, das sie dazu veranlasste, mit einer lange vergessenen Bewegung den Arm um den Hals ihrer Schwester zu legen und ihr immer und immer wieder ins Ohr zu flüstern, Marcsi, meine süße Marcsi. Alles gut, flüsterte ihre Schwester und tätschelte ihren Arm. Alles gut.

Das Museum der Dinge

Nach dem neuerlichen gnadenlosen Streit im Taxi wünschte ich mir nichts sehnlicher, als in Ruhe gelassen zu werden. Um endlich davonfliegen zu können in einen fremden Raum, an einen anderen Ort; in eine Zeit außerhalb der Zeit. Die Entwicklung war dahin gegangen, dass meine Reisen, anstatt eine gewisse Zärtlichkeit freizusetzen, Traurigkeit ob der Abwesenheit der Anderen, eher nur das abgelagerte Treibgut unserer gemeinsamen Jahre aufwühlten. Die nachträglichen, aus der sicheren Ferne abgewickelten Versöhnungen und Entschuldigungen verliefen auch immer peinlicher und brachten immer weniger Frieden. Aber darin waren sie wenigstens ehrlich. Auch neulich, vor einigen Monaten, erwartete mich folgende Mail im Hotel in Chicago: »Nord-Amerika hängt nur zufällig mit Süd-Amerika zusammen. (Jenő Cholnoky: *Meine Reise durch Amerika mit Graf Pál Teleki*, 1942)«

Ich war schon im voraus beunruhigt, was sie diesmal schreiben würde.

Die Maschine war gerammelt voll, nur der Sitz neben meinem blieb leer, was spürbar Neid und Hass bei meinen Mitpassagieren hervorrief oder aber aus einer Mischung dieser beiden Leidenschaften hervorgehende Rachegelüste. Der vor mir sitzende korpulente, Goldkette tragende Familienvater aus Venezuela, der mit seiner Frau und zwei minderjährigen Kindern reiste, ließ seine Rückenlehne auch prompt nach hinten kippen, dabei waren wir noch nicht einmal gestartet, um mir schon eine kleine Kostprobe davon zu vermitteln, was mich hier noch erwarten würde. Nicht dass alle es Scheiße haben müssen, nur ich nicht, wo kämen wir denn da hin. Egal, dachte ich, während ich durchs Fenster starrte, wenn's sein muss, setze ich mich auf den leeren Sitz um, wenn ich es nicht mehr aushalte, dass dieser Mensch mir quasi in den Nieren liegt. Überhaupt täte er besser daran, wenn er sich um seine Ableger kümmerte, denn das eine, das Kleinere, das etwa zwei Jahre alt zu sein schien, schrie, seit sie eingestiegen waren, und die Frau, die mit den Kindern allein im Mittelblock saß, war unfähig, die Lage zu meistern. Obwohl, soll es doch aus Leibeskräften schreien, Hauptsache, es kommt keiner hierher. Es waren nur noch wenige Minuten bis zum Start, die Maschine wartete auf der Startbahn. Und dann stellte sich auch heraus, worauf wir warteten.

Atemlos, schweißnass und zahllose Handgepäckstücke mit sich schleifend erschien auf einmal ein groß gewachsener Mann mit Stirnglatze und langem Zopf, weit in seinen Fünfzigern, jedoch immer noch gut in Form, die schwarze Jeans hatte er mit einem roten Pullover aufgepeppt, er stieß laute ungarische Flüche aus und stapfte schnurstracks auf den neben mir leer klaffenden Sitz zu. Ich sah schon vor mir, wie der Ankömmling den ganzen Flug über zwanghaft Arme und Beine hin und her werfen, drücken, falten würde; es war offensichtlich, dass ein aggressiver Sitz-und-Armlehnen-Okkupant dabei war, in mein Reich einzufallen, dessen Knie und bestiefelter Fuß zu allem Überfluss noch in meinen ohnehin schon skandalös kleinen Fußraum hängen würden. Fotzeihrermutter, setzte der Landsmann seinen Gedankengang fort, riss, bei meiner Sitzreihe angekommen, nervös das obere Ablagefach auf, das zuvor von der Stewardess so sorgsam verschlossen worden war, und versuchte, in das offensichtlich bereits volle Ablagefach doch noch irgendwie einige seiner Zubehörteile hineinzuquetschen. Als Ergebnis dieses fieberhaften Wirkens ließ er schließlich eine Tüte auf meinen Kopf fallen, o sorrie, sorrie, sagte er, und dann noch verfickte Scheiße, woraufhin eine Stewardess, als hätte sie endlich ihr süßes Schlusswort in einem Erfolgsfilm vernommen, in dem sie zwar nur eine Nebenrolle ergattern konnte, dennoch möchte sie, dass man aufmerksam auf sie wird, herbeieilte, die Tür der benachbarten Ablage mit einer lockeren, fachkundigen Bewegung aufschnappen ließ und mit kühler Höflichkeit die restlichen Gepäckstücke des Mannes verstaute. Bitte, setzen Sie sich und schnallen Sie sich an, sagte sie noch im Davongehen, und schon für diesen einen Satz, für die Betonung, mit der sie ihn sagte, hätte sie einen Oscar verdient. Ich versuchte fieberhaft, alle Indizien verschwinden zu lassen, die darauf hindeuten konnten, dass ich die exotische Sprache des Neuankömmlings verstand. Bevor der Mann über mich hinwegklettern und sich auf den nunmehr übervollen Sitz fallen lassen konnte, versenkte ich schnell meinen Pass und die *Népszabadság* in meinem Rucksack und ließ nur die beim Umsteigen in Frankfurt gekaufte neueste Ausgabe der *Vanity Fair* vorn, in die ich mich auch sogleich blitzschnell vertiefte. Unser Mann war aber offensichtlich nicht aus dem Holz geschnitzt, dass er sich durch solche Kleinigkeiten von der Kontaktaufnahme mit der Welt abbringen ließ.

Zur Hölle mit ihrer dämlichen Bombe. Das nächste Mal bringe ich eine mit, sagte er, mehr vor sich hin, aber sich dabei doch halb zu mir drehend, während er seinen Zopf indigniert nach hinten warf und eine hässliche Narbe auf seinem Hals entblößte.

Im dampfenden Garten voller Mangobäume und Palmen standen sich die beiden Kinder gegenüber wie ein Stammeshäuptling seinen gerade frisch vorgeführten Gefangenen.

Der Junge war zehn bis zwölf Jahre alt, das Mädchen um die acht. Der Junge trug nur Shorts und Gummipantoffeln, das Mädchen ein ärmelloses Sommerkleid und Turnschuhe. Der Junge hielt die Arme vor seiner braun gebrannten, muskulösen, nackten Brust verschlungen und sah das ängstlich dastehende Mädchen streng an.

»Ich hab dir gesagt, du sollst es mir nachmachen, oder nicht?« – Das Mädchen nickte. – »Wenn es wieder nicht klappt, gibst du mir ein Pfand, verstanden?« – Das Mädchen nickte erneut. – »Und dann musst du sehr viel Pfand geben.« Der Junge grinste. »Keine Gnade, ich treibe alles ein«, fügte er mit spöttischer Entschlossenheit hinzu. Mit einer bei den Erwachsenen abgeschauten Bewegung fasste er mit seiner schmutzigen Hand an das Kinn des Mädchens und hob es an. »Schau mir in die Augen, wenn du mit mir sprichst, ich will deine Augen sehen.« – Das Mädchen sah ihn aus blaugrauen Augen an, in ihrem Blick mischten sich Hingabe und Angst. Milán war schon ein großer Junge und gab sich nur dann mit ihr ab, wenn er endgültig nicht mehr wusste, was er mit sich anfangen sollte, oder sich vor den Hausaufgaben drückte, so wie jetzt auch. Ihre Mutter sah es nicht gerne, wenn sie sich mit dem Sohn des Botschaftsverwalters abgab, mit diesem *dummen Prolojungen*, aber ihr Vater winkte sie zurück, lass sie, Margó, und er schimpfte auch sie aus, als sie einmal von oben herab mit der Dienstmagd sprach, die mit ihnen wohnte. Aber Mutter macht es auch, warum darf sie es, quengelte sie, woraufhin ihr Vater sagte, von ihr sei das auch nicht schön, aber ein Kind dürfe sich nun gar nicht so benehmen, besonders nicht einer Erwachsenen gegenüber, und sie musste sich bei Almira entschuldigen, die sie dann lachend umarmte und den Kopf ihres kleinen Lieblings an ihren ölig glänzenden schwarzen Busen zog.

Excuse me?, sagte ich mit der zugespitzten Intonation des amerikanischen Englisch und versuchte dabei auch die gerade von der Stewardess gelernte vernichtende Betonung zu reproduzieren.

Oh, Verzeihung, fuhr der Mann auf Englisch fort, wenn man diese mit einem schweren Akzent und eigenwilligen Satzkonstruktionen erschwerte Sprachvariante so nennen konnte, die ausschließlich im Karpatenbecken bekannt ist und deren er sich scheinbar fließend bediente, wie jemand, der seit langem im Ausland lebt.

Die haben mich so lange gefilzt, dass ich schon dachte, ich verpasse diese verdammte Maschine. Alles angeglotzt, überall die Nase reingesteckt, musste mich nackt ausziehen, die sind doch völlig bekloppt, obwohl, lieber sollen sie sich jeden genau anschauen, als dass man in der Luft abgemurkst wird, aber alles hat seine Grenzen, woraufhin sie gesagt haben, das nächste Mal soll ich eben nicht so viele Handgepäckstücke mitbringen, ich solle froh sein, dass sie mich mit so vielen Taschen überhaupt einsteigen lassen, aber die habe ich aus dem Koffer auspacken müssen, sie wollten mich Übergepäck bezahlen lassen, das können sie sich aber abschminken, sagte er und hielt eine kleine wirkungsvolle Pause, als würde er darauf warten, dass ich die nächste Frage stelle, die dann organisch in ein Gespräch münden würde. Mein genüssliches Schweigen wurde allerdings von ein wenig Unruhe getrübt.

Sind Sie Amerikanerin?, fragte der Mann nach einer kleinen Pause, als hätte ihn dieses unerwartete, unsportliche Verhalten verunsichert, denn ein waschechter Yankee hätte das Gespräch normalerweise sofort fortgesetzt, besonders als Frau. Empathisch würde sie sich die Leidensgeschichte ihres Nachbarn anhören, bis sie dreizehn Stunden später in

Buenos Aires landen würden. Du kannst mich mal, dachte ich, nickte und vergrub mich in meiner *Vanity Fair*. Die Zeilen liefen aber nur an meinen Augen vorbei, ihre Bedeutung konnte ich einfach nicht erfassen.

Ich bin eigentlich Ungar, sagte er, als hätte einer danach gefragt. Actually Hungarian, sagte er, aber er sprach es äktjuali aus.

Und ansonsten Kameramann.

Was habe ich verbrochen, dachte ich. Ein Kollege.

Aber ich lebe schon seit langem in Argentinien, setzte er ungestört fort, als säße er in der Einsamkeit eines Beichtstuhls und nicht in einem überfüllten Verkehrsmittel. Das war wahrscheinlich selbst dem Piloten zu viel: das Flugzeug gab sich einen Ruck und hob ab. Mein Nachbar sagte nichts mehr, bis wir die Reiseflughöhe erreicht hatten.

Wissen Sie, ein Zweig meiner Familie sind Kroaten, mein Großvater hatte in der Nähe von Vukovar ein Haus. Dann kam der Krieg und sie haben es gesprengt, sagte er und starrte vor sich hin. Da auch darauf keine Antwort kam, fügte er noch hinzu: Zusammen mit meinen Großeltern.

Als das Mädchen dem Jungen nicht mehr folgen konnte, der seine Gummipantoffeln von sich getreten hatte und flink wie ein Salamander auf den hohen Sims des Steinzauns geklettert, oben entlanggelaufen und am Ende mit Leichtigkeit weich zurückgesprungen war in den gepflegten Garten der Botschaftsresidenz, erachtete der Junge die Zeit als gekommen, die Pfänder, drei an der Zahl, einzutreiben.

Mach einen Handstand und bleib so, bis ich bis zehn gezählt habe, sagte er grinsend. Von einem seiner vorderen Zähne fehlte ein Stück, Erinnerung an eine schon länger zurückliegende Schlägerei. Das Mädchen dachte über die erste

Aufgabe nach. Handstand konnte sie ziemlich gut, das machte ihr keine Sorge. Sorge machte ihr jener voraussehbare Umstand, dass während des Handstands ihr Kleid hochrutschen und ihr Schlüpfer zu sehen sein würde. Das hatte sicher auch der Junge bedacht, deswegen hat er ja auch dieses Pfand als Erstes gewählt. Sie sah sich im Garten um, ob sie nicht etwas sah, mit dem sie ihr Kleid hätte zusammenhalten können, eine Klammer oder irgendwas, aber rundherum war nur das träge Gesumm eines Nachmittags in den Tropen, üppig wuchernde Sträucher und Hecken mit glänzenden Blättern, die sich eher unwillig zu Formen ordneten. Nirgends etwas. Na los, wie lange soll ich noch warten, trieb der Junge sie an.

Da war nichts zu machen, sie nahm Schwung auf dem weichen Rasen und stellte sich auf beide Hände, und während sie sich bemühte, die Beine gerade zu machen, versuchte sie sich zu erinnern, welchen Schlüpfer sie wohl anhatte. Den verwaschenen Weißen mit der Spitzenborte? Oder den rosaroten mit dem Kirschmuster? Oder etwa, und bei diesem Gedanken verlor sie beinahe das Gleichgewicht, den, auf dem entweder Monday oder Thursday stand (die anderen sind schon kaputt)? Sosehr sie sich auch mühte, sie konnte sich nicht entsinnen, welchen sie angezogen hatte, obwohl sie morgens nicht gerade wenig Zeit mit der Auswahl zubrachte, manchmal kam sie deswegen fast zu spät in die Schule, doch Antonio trat in solchen Fällen aufs Gas und holte die Verspätung auf, man konnte sich auf ihn verlassen. Antonio hatte Brillantine in seinem schwarzen Haar und sprach merkwürdig, weil er aus dem Norden kam, und einmal, als auch seine Frau sich ins Auto setzte, weil es ihr ausnahmsweise erlaubt worden war, dass er sie irgendwohin mitnahm, füllte sich das Auto mit einem seltsamen Geruch, den sie später, als sie daran zurückdachte, als den Geruch der

Armut identifizierte. Wenn es der Schlüpfer mit Aufschrift ist, ist das sehr peinlich, aber auch wenn es der verwaschene ist, um die Wahrheit zu sagen, dachte sie, mit dem Kopf Richtung Erde, es ist auf jeden Fall superpeinlich, dass Milán ungestört ihren Schlüpfer mustern konnte, das hat er sich fein ausgedacht, das Miststück, und das ist erst das erste Pfand. Seltsam, dass man auch so, mit dem Kopf nach unten, nachdenken kann, fiel ihr noch ein, bevor Milán endlich die Zehn aussprach. Er hatte so langsam gezählt, dass es in der Zwischenzeit beinahe Abend geworden war.

Ich sah, er würde nicht von mir ablassen, wie ein Pitbull mit Maulsperre wird er so lange an mir zerren, bis ich mich endlich mit ihm unterhielt. Ein wenig tat er mir auch leid, aber das wollte ich ihm nicht auf die Nase binden.

»Was für ein Krieg«, warf ich hin, während ich weiterhin im Fotoreport über Meryl Streep blätterte.

Der Mann starrte mich durch seine modischen Brillengläser ungläubig an.

Na, Sie wissen schon, sagte er indigniert, der Balkankrieg.

Verzeihen Sie, ich lese nicht sehr oft Zeitung. Leider komme ich wegen meiner Arbeit nicht dazu, ich bin sehr eingebunden.

Wieso, was machen Sie?

Ein Takt Pause, dann: Ich bin forensische Pathologin.

Ehrlich? Sie beschäftigen sich mit Leichen? Wer hätte das gedacht. Na, Leichen gab es wirklich genug während des Kriegs. Er schaffte die Kurve zurück zu seinem Lieblingsthema.

Gibt es denn wieder irgendwo Krieg?

Auf dem Balkan, sagte der Mann, und ich sah ihm an, dass er seine Meinung über meine Sorte hatte. In den neunziger

Jahren. Mit einer unbewussten Bewegung streifte er über die leicht wulstige Narbe an seinem Hals.

Verzeihen Sie. Aber haben Sie nicht gesagt, dass Sie Ungar sind? Oder ist das dasselbe Land? Haben Sie vielleicht sogar im Krieg gekämpft?, fragte ich, als würde ich nicht mit einem Ja rechnen, aber doch darauf hoffen. Vielleicht kommt etwas heraus, das die Sache entscheiden könnte.

Nein, das ist nicht dasselbe Land, sagte der Mann. Ich habe damals in Ungarn gewohnt …, hier musste er sichtlich mit einem Hindernis kämpfen, das er dann aber doch leicht nahm, … aber ich war dennoch da, als die Dinge geschahen. Ich mache gerade einen Film darüber. Es gibt auch schon einen Fernsehsender, der sich dafür interessiert, sagte er triumphierend und setzte hinzu: Der Titel wird sein »Das Museum der Dinge«. Waren Sie schon mal im *Museum der Dinge* in Berlin? Eine Menge Gebrauchsgegenstände, die man vor und nach dem Krieg hergestellt hat, es ist, als wäre man in einem 3-D-Wörterbuch unterwegs, Sie sollten einmal hingehen.

Der Balkankrieg, nehme ich an, sagte ich gnadenlos. Los, Mann, sag endlich was.

Wie bitte?

Ich nehme an, Sie sprechen von Gegenständen, die vor und nach dem Balkankrieg hergestellt worden sind.

Der Typ sah mich an wie ein aufgespießtes seltenes Insekt. Lange, nachdenklich musterte er mein Gesicht aus dem Halbprofil.

Ich rede vom Zweiten Weltkrieg, ich nehme an, davon haben Sie schon gehört, wenn Sie auch sehr *busy* sind. Von Puppentorsi angefangen über Haartrockner Made in GDR bis zu Nazi-Bleisoldaten gibt es da alles.

Man müsste es einfach lassen, dachte ich, es wird nichts

herauskommen, und ich werde nicht danach fragen. Ist doch egal. Aber nein, es war nicht egal. Er fuhr fort. Und dann bin ich dahintergekommen, dass sie im Grunde dasselbe machen wie ich. Seit Jahren filme ich Gegenstände und lasse die Besitzer erzählen, warum sie ihnen wichtig sind, was die Gegenstände mit ihren Erlebnissen während der Kämpfe zu tun haben. Ich habe schon ein ganz nettes Archiv zusammen.

Kämpfe, dachte ich, na gut. Vor Nervosität knickte ich mein Ohrläppchen hin und her. Eine alte schlechte Angewohnheit.

Komm mit, sagte Milán streng, wie ein Wachtmeister. Der Junge ging geradewegs zum Seiteneingang der im Stile des spanischen Barock erbauten Botschaftsvilla. Sie traten in den Vorraum mit dem Marmorfußboden, die Kühle des Gebäudes streifte das Mädchen, und da sie aus der Hitze draußen kamen, fing sie in ihrem ärmellosen Kleid zu frieren an. Es muss gegen Ende der nachmittäglichen Siesta gewesen sein, im Gebäude gab es keine Bewegung, überall herrschte vollkommene Stille und verschlafene Ruhe. Der Junge ging vor, entschlossen, man sah ihm an, er wusste genau, wohin er ging. Er führte das Mädchen durch leere Zimmer, bis sie zu einer dicken Tür aus Jacarandaholz kamen. Das Mädchen erkannte die Tür, ihr Vater hatte sie auch schon öfter in den Raum mitgenommen, in dem der Botschafter arbeitete. Die Tür stand halb offen, der Junge spähte hinein, und nachdem er sich überzeugt hatte, dass das Zimmer leer war, stieß er die Tür mit einer entschlossenen Bewegung auf und marschierte hinein. Das Mädchen folgte ihm ängstlich. Sie durfte ohne die Begleitung eines Erwachsenen nicht hier hinein, ihr Vater hatte sie mehrfach betont daran erinnert, nur in sein

Büro durfte sie ohne Aufforderung gehen, aber auch dort musste sie klopfen und die Sekretärin fragen, ob sie zu ihm hineindurfte. An seiner Tür war eine Tafel mit Aufschrift, die sie Silbe für Silbe lesen konnte: Kon-su-lar-ab-tei-lung, aber was das in Wirklichkeit bedeutete, davon hatte sie keine Ahnung.

Mach die Tür hinter dir zu, befahl Milán, was das Mädchen nur unter Schwierigkeiten befolgen konnte, denn die dicke, verschnörkelt gebogene Metallklinke war ziemlich hoch für sie. Milán trat aus seinen Gummipantoffeln und bewegte seine Zehen lustvoll auf dem weichen Perserteppich.

Ich darf hier nicht hinein, sagte das Mädchen, und du darfst es noch weniger.

Wer hat dich gefragt, sagte der Junge, immer hast du was zu meckern. Du musst mir noch zweimal Pfand geben und das zweite musst du mir hier geben. Das gehört dazu, sagte er mit einer Stimme, die keine Widerrede duldete, zog den Reißverschluss seiner Shorts herunter und holte seinen Pimmel hervor. Dieses Wort fiel ihr ein, als sie ihn in der Hand des Jungen sah, Schniedel hätte sich zu sehr nach Kindergarten angehört, und das andere Wort, das sie von den Erwachsenen und einmal sogar von Milán gehört hatte, war so hässlich, dass sie es sich einfach verbot. Da stand der braungebrannte Junge mit seinem dichten, krausen Haar auf dem Perserteppich und sagte: Küss ihn. Das Mädchen wunderte sich ein wenig über die Bitte, um so etwas hatte sie noch nie jemand gebeten, um einen Kuss natürlich schon, aber dorthin noch niemand, und warum sollte das auch irgendjemand verlangen, das ist schließlich nicht zum Küssen, sondern zum Pullern da, was für eine Idee, dieser blöde Milán kann sich Sachen ausdenken, aber es ist immer noch besser, dachte sie, als auf den Händen vor ihm zu stehen und zuzulassen, dass er sich ihren Schlüpfer ansah, ganz lange, das ist noch viel unangenehmer als so ein schneller Kuss, also trat sie, ohne dass er sie noch einmal darum hätte bitten müssen, zu dem Jungen, beugte sich nieder und küsste seinen Pimmel, der von der Berührung ihrer Lippen plötzlich anschwoll, das Ganze machte den Eindruck eines kleinen Tiers, das zum Leben erweckt worden war. Überrascht sprang das Mädchen nach hinten, stieß an einen kleinen runden Tisch, auf dem eine Porzellanvase stand (aus Herend), die Vase kippte, fiel vom Tischlein und zerbrach auf dem Marmorfußboden in tausend Stücke. Die beiden Kinder nahmen mit klopfendem Herzen sofort Reißaus, sie rannten durch das leere Haus, hinaus in den Garten, ins Freie. Später, als das Mädchen versuchte, die Erinnerung an den Kuss und den damit verbundenen, mit nichts vergleichbaren, aber nicht unangenehmen Geruch zu beleben, kamen ihr am ehesten warmer Schweiß und Topfen mit Rosinen in den Sinn.

Die Sache ist die, dass ein Cousin von mir Produzent bei einem Regionalsender in den USA ist. Eine sehr kleine Firma, aber mit einem guten Namen, sie nehmen externes Material nur auf Empfehlung an.

Wirklich? Und wie heißen sie?, fragte der Mann und spielte nervös an seinem Zopf herum.

X Unit. Sie bringen ausschließlich Qualität, keinen Kommerz. Sie haben ihren Firmensitz in Upstate New York, in einer kleinen Stadt. Die Kneipe ist immer voll mit Filmleuten und Journalisten, die auf ihren Termin warten. Es ist sehr schwer, einen Termin zu bekommen, man muss monatelang warten. Ihr Hauptprofil ist Material, das besondere Erlebnisse behandelt, dokumentarisch und nach Möglichkeit autobiographisch.

Aber das ist doch exakt mein Profil!, begeisterte sich der Mann, aber ich ließ nicht zu, dass er sich allzu große Hoffnungen machte.

Sie haben schon drei Holocaust-Überlebende, einen libyschen Terroristen, der übergelaufen ist, einen tschechoslowakisch-amerikanisch-chilenischen Dreifachagenten, einen ehemaligen Securitate-Agenten und einen reuigen argentinischen Pädophilen – und das ist nur die Ausbeute vom letzten Jahr. Was können Sie vorweisen, außer dass man Ihren Großvater in irgendeiner kroatischen Kleinstadt in die Luft gejagt hat, wen interessiert das, Ihrer Meinung nach? Waren Sie wenigstens in Sarajevo während der Belagerung? Sarajevo gilt in Amerika als sexy, Vukovar aber leider nicht. So sieht es aus.

Der Mann sah mich an, als würde er sich überlegen, ob er eine Frau schlagen sollte, auch wenn diese Kriminalpathologin ist. Ich fing an, die Sache zu genießen.

Ja, ich war da, sagte er beleidigt und schob mit seinem Mittelfinger seine dickrandige Brille höher, um dem Gesagten Nachdruck zu verleihen. Ich habe mich an der Seite der Verteidiger der Stadt verpflichtet, mir war das damals schon egal.

Nie im Leben, dachte ich. Du warst immer schon ein feiger Drecksack.

Damals habe ich beschlossen, dass ich lieber nach Südamerika gehe. Dass ich weder in Ungarn noch irgendwo in der Nähe leben will. Ich habe genug. Dann sind ein paar Jahre vergangen, bis es geklappt hat. Aber, wie Sie sehen, bin ich hier, lächelte er selbstgefällig. Sein Mund war schön. Ich sehe es, dachte ich, ich wünschte, ich sähe dich nicht.

Also, empfehlen Sie mich Ihrem Cousin? Wenn Sie wollen, können Sie sich das Museum meiner Dinge auch auf einem Film ansehen.

Lassen Sie uns nicht so weit vorpreschen. Da braucht es noch was dazu, so ist das doch ein wenig mager. Waren Sie vielleicht anwesend bei der Hinrichtung der Ceauşescus? Oder als Milošević verhaftet wurde?

Ich dachte, Sie lesen keine Zeitung. Gemessen daran sind Sie ziemlich gut informiert. Nein, da war ich nicht dabei … Aber ich war in Bukarest, als die Revolution ausbrach. Wäre das nicht was?

Schauen Sie, ich muss mir die Sache überlegen. Ich bin nur eine einfache Pathologin, aber ich werde ständig von Typen belagert, damit ich sie weiterempfehle, aber mein Cousin hat bestimmt, dass ich pro Jahr nur einen empfehlen darf, und das habe ich schon einem ehemaligen Guantanamo-Häftling versprochen, der nach Europa übersiedelt ist. Ich überlege es mir, sprach ich das Schlusswort und vergrub mich wieder in meiner *Vanity Fair*. Ja, sein Mund war immer noch schön.

Sie rannten durch den Garten, der Junge geradewegs auf das kleine, abseits stehende Steingebäude zu, in dem der Verwalter mit seiner Familie wohnte. Auch bei ihnen war weit und breit keiner zu sehen, Vater und Mutter des Jungen waren, die Arbeitspause nutzend, einkaufen gegangen. Eine Weile standen sie nur da, keuchend, in der Mitte einer Küche, deren Tür geradewegs auf den Garten ging, dann trat der Junge an die Spüle, öffnete den Hahn, hielt seine krausen Locken unter den Wasserstrahl und schüttelte sich anschließend, wie ein Hund, so dass das Wasser in der Küche überall hinspritzte.

Komm, sagte der Junge und führte das Mädchen in das große Zimmer, das dem Augenschein nach gleichzeitig als Schlafzimmer für die ganze Familie diente. An der einen

Wand stand ein großes, ausziehbares Canapé, in einer entfernteren Ecke ein kleineres, ungemachtes Bett, daneben auf dem Boden ein Tonbandgerät, an der Wand über dem Bett ein Beatles-Plakat. Der Junge führte das Mädchen genau hierhin.

Jetzt ist das Dritte dran, sagte er. Zieh dich aus und leg dich hierhin. Das Mädchen sah erstaunt und ein wenig erschrocken drein, nicht wegen der erneut ungewöhnlichen Bitte, sondern eher, weil sie wusste, dass sie gar nicht hier sein sollte, ihre Mutter mochte es nicht, wenn sie herüberkam, sie hatte sie extra gebeten, es nicht zu tun, und das Mädchen hatte es versprochen. Lass uns lieber irgendwo rausgehen, sagte sie, aber der Junge blieb unbeugsam. Nein, es muss hier sein, sagte er, danach kannst du gehen, wohin du willst.

Sie überlegte und beschloss, dass es besser war, es so schnell wie möglich hinter sich zu bringen und sich zurückzuschleichen in ihr Zimmer. Die Vase werden sie vielleicht auch erst morgen bemerken, so lange werden sie Ruhe haben. Sie trat ihre Turnschuhe von sich, schlüpfte aus ihrem Kleid, konstatierte erleichtert, dass sie den sonnengelben Schlüpfer mit dem Sonnenblumenmuster trug, den sie ausgesprochen mochte, und sah erwartungsvoll zu dem Jungen hin.

Das Höschen auch, sagte er, woraufhin das Mädchen gehorsam auch das Höschen auszog. Leg dich hierhin. Der Junge zeigte auf sein zerknittertes Laken, während er sich ebenfalls seiner Shorts entledigte. Er trug keine Unterhosen darunter. Der Junge legte sich vorsichtig, fast zärtlich auf sie, seine Haut war angenehm weich und lauwarm auf ihrer Haut, und dann spürte sie etwas warmes über ihr Bein rinnen, das spürbar den Geruch von Pipi hatte. Aber sie hatte keine Zeit mehr sich aufzuregen, denn sie hörte ein orbitales Gebrüll aus der Zimmertür, und der Vater des Jungen stand schon neben dem Bett, zerrte seinen Sohn von ihr und schlug mit seinem inzwischen gelösten Gürtel mehrfach auf ihn ein. Die Zunge der Schnalle traf den Jungen am Hals, schlitzte die Haut auf, Blut strömte. Das Mädchen hörte noch im Garten die Schreckensschreie der Mutter des Jungen. Als sie von der Ambulanz zurückkamen, antwortete der Junge auf die Frage nach der Vase, diese habe das Mädchen umgeworfen. Zwei Wochen später reisten sie unerwartet ab, das Mädchen sah sie nie wieder.

Die kleinen grünen Lichter leuchteten auf, man durfte die Sicherheitsgurte lösen. Der Mann schraubte sich hoch und kroch mit Ach und Krach über mich hinweg. Sorrie, sagte er und ging in Richtung Toiletten davon. Erst als er am Ende des Flurs war, bemerkte ich, dass er seinen Pass aus der Gesäßtasche verloren hatte, genau neben meinem Fuß. Ich hob ihn hoch. Es war ein argentinischer Pass. Eine Weile starrte ich ihn an und warf ihn dann, ohne ihn zu öffnen, auf den Sitz neben mir. Ich lehnte mich an und schloss die Augen. Es verging nicht einmal ein Augenblick, als er schon wieder zurückkam.

Wissen Sie, woran man die osteuropäischen Frauen erkennt, fragte er, während er sich zurück an seinen Platz drückte. Dass sie keinen BH tragen, sagte er grinsend. Bevor er sich auf seinen Pass gesetzt hätte, zog ich ihn unter seinem Hintern weg und gab ihn ihm.

Er ist aus Ihrer Tasche gefallen.

Danke, sagte er und stopfte ihn schnell in die Gesäßtasche. Aber wenn er schon dabei war, setzte er seine anthropologischen Erörterungen fort.

Einer Amerikanerin würde so was nie passieren, stimmt's? Er warf seinen Zopf nach hinten und zwinkerte. No way, fügte er noch hinzu mit seiner ein wenig heiseren, zigarettenrauhen Stimme. Er lächelte mich mit seinem schönen Mund schön an. An jenem Tag hatte ich zufällig keinen an, ich wollte bequem reisen.

Na, haben Sie sich die Sache überlegt? Empfehlen Sie mich?

Für einen Moment verstand ich nicht, was die Frage sollte.

Ach so, nein, seien Sie nicht böse, aber ich habe meine Quote schon ausgeschöpft, ich habe keinen weiteren Wurf mehr. Es tut mir leid.

Ich lehnte mich nach hinten und starrte auf den kleinen Monitor, der in die Rückenlehne des Sitzes des venezolanischen Familienvaters eingelassen war. Ein kleines Flugzeug, das einen blauen Strich hinter sich herzog, zeigte an, dass wir gerade Portugals Ufer verlassen hatten.

Fleisch

Am längsten erinnert sich das Fleisch. Die Nase ist hochgradig, man könnte fast sagen dramatisch vergesslich – sie arbeitet im Grunde schon am nächsten Tag nur mehr mit einem blassen Widerschein, einer flüchtigen Ablagerung. Als wäre das, was sie ergattern wollte, was für ewig eingebrannt schien, gar nicht da gewesen. Die Geschmacksknospen sind auch nicht viel verlässlicher, auch sie sind ständig auf eine Auffrischung ihrer Erinnerung angewiesen. Augen und Ohren dagegen sind fähig, einigermaßen selbständig zu funktionieren, können bis zu einem gewissen Grad das Gewesene heraufbeschwören, sie haben eine eigene, mehr oder weniger funktionierende Wirklichkeit, die nicht darauf angewiesen ist, ständig von außen bestätigt zu werden, gleichzeitig neigen sie beide – aber besonders das Auge – dazu, so zu tun, als hätten sie auf dem Gebiet der Erinnerung, ja, der Sinne selbst, nichts, was ihresgleichen wäre, keinen würdigen Gegner, und diese alberne, vorgeführte Welt neigt dazu, das als bare Münze zu nehmen und zu glauben. Das Fleisch jedoch schweigt und siegt.

Als sie den Raum betraten, sah man ihnen schon an, dass sie nicht dasselbe wollten, dass sie aus verschiedenen Gründen hier waren. Das kleine, zerbrechliche Mädchen wollte sich gerne bei dem Mann anlehnen, der unter seinem Lederblouson einen Anzug trug, ihr Blick, jede ihre Bewegungen, selbst, wie sie den Kragen ihres Mantels fröstelnd an ihrem Hals zusammenzog, zeugte davon, dass sie nichts anderes wollte, als dass alles so blieb, wie es bis jetzt war, egal wie, Hauptsache, sie blieben zusammen. Sie solle begreifen, sagte der Mann, wie jemand, der ein inakzeptabel schlechtes geschäftliches Angebot vom Tisch wischt, es gebe kein Weiter, es sei aus und vorbei. Er habe schon eine andere. Nicht dass sich das Mädel noch eine große Lovestory einredet, das Ganze war nichts als ein paar gute, okay, extragute Ficks, was tatsächlich ziemlich selten ist, die Sorte, nach der man noch stundenlang wie im Koma daliegt, als hätte man sämtliche Formen des Lebens aus dir rausgepumpt, und du bist nur noch ein Haufen auseinandergefallene, rauschende Moleküle, die sich nur langsam wieder zu einer Haut zusammenfügen und darunter zu Fleisch und dann das Fleisch zu einem Menschen, aber dass sich jemand deswegen alles Mögliche einbildet, dass sie Kinder von ihm will, ein aus Versehen hängengebliebenes Kind behalten, nicht, dass sie hier noch eine Familie gründen und glücklich leben, bis sie krepieren, ihn wird man nicht schon mit dreißig einfangen, damit sich sämtliche Kumpels bei der Firma kaputtlachen über ihn. Dem Mädchen sah man aber an, wenn es das nicht gab, dann gab es nichts, wenn es den Mann nicht gab, gab es auch sie nicht. Es war bereits früher Abend, sie standen in der gelblichen Lichtpfütze einer Straßenlaterne und sie sagte ihm, wie es war. In der dürftigen Beleuchtung sah das Mädchen noch schöner und verletzlicher aus und der Mann wurde wieder schwach. Seine Haut fing beinahe zu brennen an vor Sehnsucht, die erst nachließ, sobald er den Körper des Mädchens an seinem spürte, wenn er wie ein Drogenabhängiger endlich seine Tagesdosis bekam, aber es war gerade diese Abhängigkeit, die er nicht wollte, er wollte von nichts und niemandem abhängig sein, weder von einer Frau noch von einem Kind, und deswegen ertrug er diesen Zustand des

Ausgeliefertseins nicht länger, aber von ihrer leisen, sachlichen, als Drohung durchgehenden Mitteilung erschrak er dann doch, er sah die sich hinziehenden Unannehmlichkeiten schon vor sich, wie er der Mutter des Mädchens in die Augen wird sehen müssen, die ihn mochte, ihn regelmäßig, an den Wochenenden, durchfütterte, ihm ab und zu sogar mit Geld aushalf, also beschloss er, dass sie sich noch ein letztes Mal irgendwo hinsetzen sollten, um diese Sache endgültig schön zu regeln.

Wenn man von der Straße hereinkam, die voller abgewrackter, im Krieg zerschossener und seitdem unangetastet gelassener Häuser war, von denen der Putz bröckelte, schien das chinesische Restaurant zum Goldenen Drachen so, als wollte es mit einem Mal alles gutmachen, die Welt da draußen, den November, die abgestandene Hoffnungslosigkeit der letzten sechzig Jahre. Alle vier Wände waren mit Spiegeln ausgekleidet, so dass die purpur und golden prangenden Verzierungen vervielfacht auf die Gäste einprasselten. Doch die Einrichtung war einfach, die Tische mit geblümtem Wachsleinen gedeckt, rote Papierlampions, Plastikstäbchen, in diesem Stil. Es war auffallend still, obwohl sie nicht die einzigen Gäste waren. Ein glattgesichtiger junger Kellner, kein Chinese, führte sie an einen Tisch und nahm die Getränkebestellungen auf. Er hatte etwas in seinem Gesicht, in seinen Zügen, das einen verunsicherte, er schien mal auf unkonventionelle Weise gutaussehend und mal ein wenig schief geraten.

Haben Sie Unicum?, fragte der Mann.

Ja, sagte der Kellner.

Dann einen Unicum und ein Krug Bier. Und du? Cola?

Das Mädchen nickte, und der Kellner eilte mit der Bestellung davon. Während er darauf wartete, dass der Barmann das Bier zapfte, beobachtete er das Mädchen durch den Spiegel hinter der Theke und richtete gleichzeitig sein mit Gel nach hinten geklatschtes Haar. Er trug ein strahlend weißes Hemd, schwarze Hosen, ein schwarzes Sakko mit glänzendem Revers, dazu eine schwarze Seidenkrawatte, eine, was die Farbzusammenstellung anbelangt, häufige Kleidung bei Kellnern, aber in so einem relativ einfachen chinesischen Restaurant wirkte es etwas seltsam. Am ehesten machte es den Eindruck, als käme er gerade aus einer Tangobar und jede seiner Bewegungen wäre das Element eines raffinierten Tanzes. Außer dem Mädchen und dem Mann saß am anderen Ende des Restaurants an zusammengeschobenen Tischen eine große chinesische Geburtstagsgesellschaft. Sie aßen ohne einen Ton. Nur das Klappern der Stäbchen war zu hören. Der Mann, in dessen Blickfeld sie saßen, wurde instinktiv auf die seltsame Stimmung im Raum aufmerksam und fing an, die Gesellschaft zu beobachten. Erst sah er nur verstohlen hin, später starrte er sie schon ununterbrochen an. Und das Mädchen, das auf jede erdenkliche Weise versuchte, die Aufmerksamkeit des Mannes auf sich zu ziehen, sah irgendwann ein, dass es etwas im Raum gab, mit dem sie nicht konkurrieren konnte, von dem der Mann einfach nicht den Blick abwenden konnte, und so fing auch sie an, durch den Spiegel im Rücken des Mannes die chinesische Geburtstagsgesellschaft zu beobachten.

Es war in der Tat ein seltsamer Anblick, beziehungsweise, das ist vielleicht gar nicht der richtige Ausdruck für die unheilschwangere Szene, die sie so, mittelbar, beobachten konnte. Am langen Tisch saßen ausschließlich Männer, aber in der Mitte, neben einem großen, sehr fetten Chinesen, saß auch ein dünnes chinesisches Mädchen mit langem Haar, in deren feinen Zügen ein eisiger Schrecken saß. Das Mädchen aß unendlich langsam beziehungsweise versuchte zu essen, denn wegen des – für den oberflächlichen Betrachter kaum sichtbaren – Zitterns ihrer Hände konnte sie mit den Plastikstäbchen kaum die Bissen zum Mund manövrieren. Und die Männer am langen Tisch sahen zu, wie sie aß.

Gibst du mir eine Kippe?, fragte das Mädchen. Ihre Zunge ging schwer, ihr Hals war ausgetrocknet. Der Mann schnippte, ohne den Blick von den Chinesen zu nehmen, die Zigarettenschachtel in ihre Richtung. Eine Zigarette lugte aus der Öffnung heraus. Als sie die Zigarette in den Mund nahm, zitterte die Hand des Mädchens leicht, genauso wie die des anderen Mädchens am anderen Tisch. Der Kellnerjunge tauchte aus dem Nichts auf und gab ihr mit seinem Zippo-Feuerzeug Feuer, mit einer Bewegung, die er offensichtlich aus einem Film abgeschaut hatte. Es war eine geübte, vor dem Spiegel tausendfach wiederholte Bewegung, deren Anwendung nun hervorragend gelang. Das Mädchen hob überrascht den Kopf und sah für einen Augenblick den zufrieden lächelnden Kellner an. Danke, sagte sie, und wie sie sich den Jungen ansah, blitzte plötzlich das Licht des Verstehens in ihrem Auge auf, und ein kleines Lächeln erschien in ihrem Gesicht.

Der Junge zögerte, dann sagte er, leise, schnell: Nicht. Und wies mit dem Kopf kaum wahrnehmbar zum Tisch der Chinesen.

Der Mann kam mit einem Mal zu sich. Wo bleibt mein Bier? Was dauert so lange? Sofort, mein Herr, verbeugte sich der Kellner und drehte sich, so stilisiert, wie er gesprochen hatte, auf dem Absatz um und eilte an den Tresen, wo tatsächlich schon die fertigen Getränke standen. Der Mann kippte mit einer nervösen Bewegung den Unicum, nahm den Bierkrug und starrte wieder zum Tisch der Chinesen. Der Kellner öffnete die Colaflasche, und während er langsam, fachmännisch das Getränk in ihr Glas goss, nahm er nicht die Augen von ihr. Auch das war eine geübte Bewegung, er musste nicht einmal hinschauen. In seinem Blick mischten sich Sehnsucht und Sorge, einander fast auslöschend, und er hätte selber nicht sagen können, was von beiden stärker war.

Soll ich die Karte bringen? Möchten Sie zu Abend essen?

Der Mann sah ihn missbilligend an, als wäre er bei einer sehr wichtigen Tätigkeit gestört worden, aber dann wandte er sich mit einer unerwarteten Zärtlichkeit an das Mädchen, so, als würde er sich sagen, so viel, wenigstens, hat sie verdient: Wollen wir?

Das Mädchen schüttelte den Kopf. Ich bin nicht hungrig. Aber du kannst ruhig essen. Der Mann zögerte, er spürte, wenigstens in solchen unbedeutenden Dingen sollte er seine Solidarität mit dem Mädchen zeigen, irgendwie andeuten, was er bis dahin auf keine andere Weise ausdrücken konnte, denn er hatte sich auf gar keinen Fall ausliefern wollen. Noch nie hatte er sich jemandem so nahe gefühlt, gleichzeitig verursachte dieses Gefühl eine Beklemmung, dass es ihn sogar bei der Arbeit störte, wenn sie ihm tagsüber bei der Firma einfiel und er feststellen musste, dass er keine Ahnung hatte, wo sich das Mädchen gerade aufhielt, was sie tat und mit wem, und daraus ergab sich eine unerträgliche Spannung, so dass er sich gezwungen sah, unter einem Vorwand das Labor anzurufen, in dem das Mädchen arbeitete.

Er sah zum anderen Tisch und fällte eine Entscheidung.

Na, dann bring irgendwas Scharfes mit Huhn und eine Portion Reis. Ach so, und eine Gabel, sagte er zum Kellner.

In Ordnung, mein Herr, sofort. Der Kellner drehte sich auf dem Absatz um, eilte an den Tresen, gab die Bestellung auf, lehnte sich mit dem Rücken an die Theke. Sein Blick blieb wieder auf dem Gesicht des Mädchens haften, und seine Züge glätteten sich, eine Art Beruhigung hätte sich über sein Gesicht ausgebreitet, wäre da nicht noch etwas anderes gewesen, das am ehesten Erschrecken glich, und deshalb sah er aus wie jemand, der ständig in Bereitschaft war, einer, der darauf wartet, daß etwas Unvermeidbares eintritt.

Das Mädchen legte ihre Hand auf die Hand des Mannes, die auf dem Tisch ruhte. Wegen des Größenunterschiedes zwischen den beiden Händen sah es so aus, als hätte sich eine Amsel auf seine Hand gesetzt. Der Mann zog die Hand weg.

Wenn du nicht willst, behalte ich es nicht. Es soll nur wieder so sein wie bis jetzt.

Du verstehst es wirklich nicht? Wie soll ich es dir noch sagen? Chinesisch? Warum musst du mich ständig provozieren? Und dann heulst du, dass ich grob bin, und machst mir Gewissensbisse. Ich hab genug davon. Genug, sagte der Mann leise, zurückgenommen, er schien erleichtert zu sein. Er sah über den Kopf des Mädchens hinweg erneut zum anderen Tisch. Das chinesische Mädchen mühte sich vergebens, das Essen zu verspeisen, das auf ihrem Teller lag. Sie weinte tonlos. Im Gesicht des Mannes zeigte sich Bedauern und ein Gefühl, das der Zärtlichkeit ähnlich war. Das chinesische Mädchen gefiel ihm. Und das Mädchen sah, dass die im Gesicht des Mannes wogenden Gefühle nicht für sie bestimmt waren. Der Mann machte seinen Kiefer steif, was dazu führte, dass ein kleiner Muskel zu hüpfen anfing, seine Ohnmacht machte ihn wütend, dass er sich nicht einmischen konnte, dem chinesischen Mädchen wie ein Erretter zu Hilfe eilen und sie aus ihrer misslichen Lage befreien, wofür sie ihm für immer dankbar wäre. Das Mädchen schaute wieder in den Spiegel, und als sie das Gesicht des chinesischen Mädchens sah, ließ auch sie sich plötzlich gehen, und ihre Tränen fingen zu strömen an. Der Kellnerjunge brachte das Abendessen des Mannes, und als er die Teller vor ihm abgestellt und sie arrangiert hatte, fragte er das Mädchen: Und Ihnen darf ich nichts bringen? Das Mädchen schüttelte den Kopf und fragte: Wo ist das Klo? Kommen Sie, sagte der Kellner, ich zeige es Ihnen.

Hinter der Schwingtür, die zur Küche führte, ging links ein dunkler Flur ab, dort zeigte er hin. Hier ist es, aber ich begleite Sie gerne, hier ist es so dunkel, dass man die eigene Schuhspitze nicht sieht. Wie er so hinter dem Mädchen herging, die ähnlich langes schwarzes Haar hatte wie das chinesische Mädchen, außer dass sie es in einem Pferdeschwanz trug, dachte er daran, oder vielleicht war es gar kein Gedanke, nur ein diffuses Gefühl, was möglicherweise Glück sein könnte: Wenn dieser Flur niemals ein Ende nähme. Der Duft der Haut des Mädchens zog ihn an, als zöge sie ihn an einem Strick hinter sich her, und als sie an der Tür der Toilette ankamen, trennten seine Lippen nur noch wenige Millimeter vom glänzenden Flaum auf ihrem Nacken. Das Mädchen spürte das, und bevor sie die Klinke gedrückt hatte, schloss sie die Augen, wie in Erinnerung an eine Berührung, der sie sich gerne hingegeben hätte, aber dann drehte sie sich doch halb um, lächelte um Verzeihung bittend, berührte das Gesicht des Jungen und schüttelte kaum sichtbar den Kopf. Der Junge stand eine Weile unbewegt auf dem Flur, dann öffnete er plötzlich die Nachbartür, auf der ein Mann mit Zylinder abgebildet war. Er schaltete das Licht an, trat ans Waschbecken, sah in den Spiegel. Öffnete den Hahn, vergrub das Gesicht im kalten Wasser in seinen Handflächen. Dann zog er mit einer plötzlichen Bewegung das Sakko aus, löste die Krawatte, knöpfte das Hemd am Kragen auf. Nahm einen tiefen Atemzug und dann noch einen und noch einen.

Dass er beinahe erstickte. Dass seine Haut brannte. Dass sein Fleisch zu Staub zerfiel. Dabei hörte er, dass das Mädchen die Toilettentür nebenan schloss und zurück in den Saal ging. Er ordnete schnell seine Kleidung und sah erneut in den Spiegel, glättete seine vom Wasser etwas zerzauste Frisur, dann ging auch er zurück in den Gastraum.

Die Situation, die ihn empfing, überraschte ihn nicht, aber er hoffte, dass man doch irgendwie davonkommen könnte. Man konnte nicht. Er hatte schon gelernt, dass man im Grunde niemals entkommen kann. Der große, dicke Chinese hielt sich am Rand des Tisches fest, zog sich daran hoch und schrie kurze chinesische Worte zum Mann am anderen Tisch. Der Mann bemühte sich, davon keine Kenntnis zu nehmen, aber das war angesichts der Ausdehnung, der Stimmgewalt und der unmissverständlichen Absichten des Chinesen unmöglich. Außer dem chinesischen Mädchen, das wegen des Intermezzos nun ganz aufgehört hatte mit dem Essen und vor sich hinstarrte, sahen die anderen am langen Tisch alle zum Mann hinüber. Das Mädchen, das von der Toilette wiedergekommen war, stand unentschlossen neben ihrem Tisch, sie traute sich nicht, sich hinzusetzen. Setz dich, sagte der Mann mit gedämpfter Stimme. Aber das Mädchen stand weiter da, trat von einem Fuß auf den anderen.

Hörst du nicht? Ich habe gesagt, setz dich, brüllte der Mann, da das Mädchen aber immer noch nicht entscheiden konnte, was es tun sollte, blieb es stehen. Der Mann sprang auf und verpasste ihr eine Ohrfeige, dass sie das Gleichgewicht verlor und hinfiel. Den brüllenden Chinesen traf das überraschend. Er hörte auf zu brüllen, und der Kellner nutzte die Gelegenheit und sprang zum Mädchen, um ihr hochzuhelfen.

Was machst du da, Arschloch?! Lass die Finger von ihr, hörst du?

Der Kellner hörte nicht darauf, er blieb beim Mädchen, klaubte die Sachen vom Boden, die aus ihrer Tasche gefallen und davongerollt waren, und das Mädchen bemühte sich umsonst, die Hilfe abzuwehren, der Kellner wich ihr nicht von der Seite.

Was ist los, bist du taub? Ich hab gesagt, du fasst sie nicht an, brüllte der Mann, sprang zum Kellner und fing an, wahllos auf ihn einzuschlagen und zu treten. Das Mädchen versuchte, den Kellner mit ihrem Körper zu schützen, und flehte den Mann an, ihm nichts zu tun. Der Mann fing daraufhin an, auch sie zu schlagen, vielleicht noch brutaler als zuvor den Kellner. Der wuchtige Chinese setzte sich, als hätte er seine Aufgabe erledigt, und die Gesellschaft benahm sich so, als würden sie weder sehen noch hören, was am anderen Ende des Saals vor sich ging. Aus der Küche kamen zwei chinesische Köche gerannt, vom Tresen her ein ungarischer Barkeeper, mit vereinten Kräften bekamen sie den tobenden Mann zu halten. Wag es nicht, sie anzufassen, sonst zermansch ich dir die Fresse, brüllte er und trat mit seinen Stiefeln aus haselnussbraunem italienischen Leder heftig in die Richtung des Kellners, aber er traf nur mehr die Luft, die anderen hielten ihn zurück. Das Mädchen sah ihn mit einem Ausdruck des Bedauerns an. Sie kam zu ihm, wollte ihm das Gesicht streicheln. Der Mann riss wütend den Kopf weg. Dann half sie dem Kellner hoch, dessen Hemd während der Schlägerei zerrissen worden war, und nun sah man die schon beträchtlich durchgeblutete und vom schlierigen Boden schmutzig gewordene Brustbandage. Auch die chinesischen Köche sahen sie und fingen aufgeregt zu diskutieren an.

Komm, sagte das Mädchen. Steh auf.

Okay, flüsterte die junge Frau in der Kellneruniform, obwohl sie mit dem blutigen Stück Fleisch, zu dem ihr Mund geworden war, kaum sprechen konnte. Sie dachte es nur noch: Ich gehe.

Sie bückte sich noch einmal unter Mühen, um das Zippo aufzuheben, das davongeflogen war, doch als sie sich wieder aufgerichtet hatte, war das Mädchen schon aus der Tür des Restaurants getreten. Der Mann, dem es in der Zwischenzeit gelungen war, die beiden Chinesen und den Barmann abzuschütteln, starrte nun den Kellner an, und für einen Moment sah es so aus, als wollte er etwas sagen. Aber er sagte nichts. Auch er ging durch die Tür auf die dunkle josephstädtische Straße, in den leise fallenden Schnee.

Las Meninas

Wer trägt denn die Schuld daran, dass ich ein Zwerg bin?, dachte Margarita, man muss sagen zu Recht, jedes Mal, wenn sie sich im Spiegel erblickte, und stampfte, ihre Ohnmacht quasi unterstreichend, mit dem Fuß auf. Ganz zu schweigen davon, murrte Margarita bei sich [erinnerte sich Margarita, dass sie immer bei sich gemurrt hatte (Vorvergangenheit! Warum gibt es im Ungarischen keine Vorvergangenheit?, warum muss man die Dinge der Vergangenheit immer in denselben gemeinsamen Müllcontainer werfen, warum gibt es keine Trennung, was ist das für ein vermaledeites Geschmiere, kein Wunder, dass die Leute einander an die Gurgel gehen)], denn es laut auszusprechen traute sie sich nicht, dass man, wohin man in diesem verdammten Haus auch geht, ständig an den verdammten Spiegel gerät, welcher gottverdammte Hornochse hat diesen elenden Spiegel hier hergehängt? Wer konnte was dafür, dass sie im Alter von zwölf Jahren immer noch ein Zwerg war, wer konnte was dafür, dass sie in der siebenten Klasse immer noch dieselbe Größe hatte [gehabt hatte], wie in der vierten, wer konnte was dafür, dass sie in drei Jahren keinen einzigen Zentimeter gewachsen war, na, wer [und schon damals, und auch jetzt, da sie zurückdachte und sich erneut diese bittere Frage stellte, von der sich ihr selbst heute noch, in so einem Zustand, wenn man das überhaupt einen Zustand nennen konnte, der Magen verkrampfte], wer sonst, als ihre einzige, teure Frau Mutter, die Regina, die, laut eines etwas angeberisch während einer Canastaparty mit ihren Freundinnen fallengelassenen [und von Margarita belauschten] Satzes, während ihrer Schwangerschaft nicht eine Minute mit dem Rauchen aufgehört hatte, was ist denn das für eine Mutter, wozu will so eine überhaupt ein Kind, wozu, nur um ihm sagen zu können, komm mal her, mein süßer kleiner Zwerg, komm zur Mama, aber nichts da, ich breche den Kontakt zu ihr ab [hatte Margarita gedacht], ich werde mich auf das allernötigste diplomatische Minimum beschränken, und von da an gab sie ihr keinen Kuss mehr und ging einfach nicht hin zu ihr und grüßte sie nicht, wenn sie aus der Schule nach Hause kam, Salve Regina, erzählte ihr nicht, was an dem Tag gewesen war [was soll schon gewesen sein?!]. Man hatte wieder hinter ihrem Rücken über sie getuschelt, ob die da wohl schon mit jemandem herumgepusselt habe, und hatte sie etwa schon herumgepusselt? Nein, hatte sie nicht, wie denn, wer will schon was mit einem Zwerg anfangen, wenn er auch, sagen wir, die Györgyi Fejsze haben kann, die so rank und schlank und groß ist wie eine Pappelblüte, oder die Rózsi Zollner, die schon jetzt [damals!] solche Brüste hat [hatte] wie die Frau Harsányi, die Klassenlehrerin der C, und die sind nicht gerade klein, und bei dieser Busserl-Sache fiel ihr, wie sie so dalag, noch etwas anderes ein, das heißt, jemand anderes fiel ihr ein, der Onkel Jóska Buchmüller, der sich ständig bei ihnen zu Hause herumdrückte, der heimliche Geliebte ihrer Mutter, von dem man nie richtig wusste, ob er gerade kam oder ging, weil er immer zwischen den Türen lauerte, und von dem nur ihre Mutter dachte, er sei geheim, dabei wusste [zu dem Zeitpunkt] Margarita es schon seit drei Jahren, seit Weihnachten 1932, als sie zufällig die Badezimmertür geöffnet hatte, und die beiden dort drin waren, aber nicht nur sie, sondern auch noch der für das festliche Abendessen eingekaufte Fisch, der in der Badewanne schwamm, und beileibe war es nicht letztgenannte Kreatur, die ihren weichen, nach Tabak und lauwarmem Speichel riechenden, mit einem Oberlippenbart männlicher gemachten Mund auf den von Margaritas Mutter presste, wie sollte man so etwas aushalten können, dieses Zwergendasein, und selbst jetzt noch, mit ihren ganzen 176 Zentimetern [wenngleich im Moment horizontal!] fing Margarita vor lauter Selbstmitleid das Herz zu schmerzen an, das, wie die angeschlossenen Geräte anzeigten, kaum mehr schlug, nur gerade noch so, als gehörte es einer von Schnee und Eis eingeschlossenen Schwarzdrossel mit gebrochenem Flügel.

Papa, hörst du mich?, flüsterte Margarita, und wusste plötzlich selber nicht, ob sie nach ihrem auf dem Nachbarbett liegenden Mann rief oder nach ihrem Vater, den sie allerdings, wie ihr gerade einfiel, und das lockte ihr ein leises Lächeln auf die [hier und jetzt] ausgetrockneten, spröden Lippen, gar nicht Papa genannt hatte, sondern Meister, wie sie es von seinen Schülern gehört hatte. Ist der Meister schon zu Hause, fragten sie, wenn sie eine Arbeit zur Beurteilung vorbeibrachten, und als Margarita das zum ersten Mal hörte, wie andere ihren Vater Meister nannten, gefiel ihr das so sehr, dass sie es sich aneignete, Meister, sprach sie ihren Vater am Frühstückstisch an, gib mir etwas vom Ei, woraufhin ihr Vater den Kopf hochriss und erst etwas verwundert auf Margarita schaute, die damals in ihrem letzten Jahr im Kindergarten war, er sah sie an, als sähe er sie zum ersten Mal, und schließlich nickte er zufrieden, in Ordnung, sagte er, dem Meister sind Margaritas Wünsche Befehl, und fing albern zu kichern an, was ihre Mutter sichtlich nervös machte, was gibt es da zu kichern, fragte sie, wir wollen auch lachen, ach, nichts, Margaritas Vater winkte ab, mir ist nur etwas eingefallen, und er kicherte weiter, genauso wie damals, als man Margarita zum ersten Mal Margarita genannt hatte, die ansonsten Margit hieß, wie ihre Mutter, der dieses Margarita, wer weiß, wieso, von Anfang an auf die Nerven ging, obwohl es unbestritten nicht der einzige Umstand war, erinnerte sich Margarita, der ihrer Mutter im Zusammenhang mit ihrem Mann Sorgen bereitete. Margarita fiel der Tag ein, als ihr Vater, der Meister, ihr am Ende doch nicht erlaubte, zur Erstkommunion zu gehen. Er teilte mit, er habe es zwar der Omama zuliebe zugelassen, dass man Margarita taufte, aber dass sein Kind mit so einem Hokuspokus verdummt werde, das könne er nicht zulassen – ganz zu schweigen von der jüdischen Mutter des Kindes –, er sei nicht nach Moskau zum Studieren gegangen, um dann mit anzusehen, wie seine Familie plemplem wird, so sagte er es, plemplem. Margarita verstand gar nicht, was das bedeutet, aber es gab keinen Zweifel, dass man ihr das prachtvolle Erstkommunionskleid vergebens angezogen hatte, vergebens war sie zum Religionsunterricht gegangen, vergebens hatte sie den Katechismus gepaukt und Jesulein komm zu mir, mach ein frommes Kind aus mir, ich bin klein, mein Herz ist rein und so weiter, und vergebens hatte sie Woche für Woche den nach Zwiebeln riechenden Atem von Pater Mátyás ertragen, aus, vorbei, der Meister gab sich plötzlich stur, überkandidelt, wie Künstler eben sind, er brüllte, aus seinem Kind werde niemand einen Zirkusaffen machen, kommt nicht in die Tüte, ein so kluges Kind wie die Margarita muss lernen, seinen Verstand zu schärfen, und er werde nicht zulassen, dass man sie mit diesem Blödsinn abfüttere. Da stimmte Margarita [erinnerte sich Margarita] ein himmelschreiendes Geheul an, aber so laut, dass selbst die Hausmeister im Erdgeschoss es hören konnten, was das Vorankommen der Familie auf der knorrigen Leiter des gesellschaftlichen Aufstiegs weiter bremste, denn dazu brüllte sie auch noch, dass das Jesulein sie zu sich eingeladen habe, damit sie sein Gast sei, und sie wolle auch hingehen, denn wenn man eingeladen wird, dann gehört es sich, hinzugehen, neulich sind auch drei Leute nicht zu ihrem Geburtstag gekommen, und das habe sie, Margarita, immer noch nicht verwunden, und sie wolle dem Jesulein nicht ebenso wehtun, denn dann wird das Jesulein genauso traurig, wie sie traurig war, mehr noch, immer noch ist. Da blitzten die Augen des Meisters, und er sprach, pass auf, meine süße, kleine Mirgimargarita, ich hab eine Idee, wie wär's, wenn ich dich jetzt in diesem wunderschönen Kleidchen male, und dann bringen wir das Bild in die Kirche, damit das Jesulein sieht, wie schön du dich ihm zu Ehren angezogen hast, es ist nur etwas dazwischengekommen und du konntest nicht hingehen, schieb es ruhig auf mich. Dann wird es sehen, dass es nicht deine Schuld war und es wird hin und weg sein, wie bombig du ihm zuliebe ausgesehen hast, und es wird alles verzeihen, na?, fragte der Meister, und Margarita, die bereits unter Tränen lächelte, nickte, sie hatte nicht zu hoffen gewagt, dass ihr Wunsch ausgerechnet an diesem Tag in Erfüllung gehen würde, denn aus irgendeinem Grund hatte der Meister bis jetzt noch kein Porträt von ihr gemalt, und Margarita wünschte sich nichts sehnlicher als gerade das, und der Meister wusste das natürlich ganz genau [dachte Margarita nun, da sie zurückdachte].

Und da fing der Meister an, Margarita zu malen, in ihrem strahlend schönen, schneeweißen Kleidchen, malte und malte, und eine Woche später, genauso, wie er es hoch und heilig versprochen hatte, nahm er das in Packpapier eingeschlagene Bild unter den Arm, nahm Margarita bei der Hand und spazierte mit ihr in die Kirche am Bakáts-Platz, um dem Jesulein zu zeigen, wie schön Margarita angezogen gewesen war, aber dann ist etwas dazwischengekommen, wenn du verstehst, was ich meine, murmelte Margarita, während sie dem armen, ans Kreuz geschlagenen Jesulein zuzwinkerte, und damit keine Missverständnisse entstanden, deutete sie mit ihrem Kopf auf ihren Vater, und Margarita konnte sich selbst aus so vielen Jahren Entfernung deutlich daran erinnern, dass sie gesehen hatte, jawohl, gesehen, dass das Jesulein, obwohl es in einer ziemlich unbequemen Positur war, zurückwinkte, dass es in Ordnung sei, alles sei verziehen. Und der Meister, als er sah, wie gut die Aktion gelungen war, krönte Margaritas Glück auf dem Weg nach Hause noch mit einem Stück Kremtorte, dabei war nicht einmal Sonntag.

Feri, hörst du mich?, fragte Margarita, aber ihr Mann murmelte nur etwas statt einer Antwort, und als Margarita die Ohren spitzte, glaubte sie etwas in der Art zu hören, dass man mit dem Wolfi hinuntermüsse, und dann, wir müssen uns beeilen, Miklóska kommt zu spät in den Kindergarten, dabei, wo war schon der Wolfi, seit mindestens zwanzig Jahren lief er schon über den ewigen Hundeparcour, wo er [so hoffte Margarita] glücklich die Stöckchen holte, immer und immer wieder, und Katzen jagte und an Speckschwarten kaute, und der Miklóska, ihr Herr Juristensohn, wie Margarita ihn gerne den sich erkundigenden Freundinnen gegenüber nannte, wie weit war er schon vom Kindergartenalter entfernt, und wo genau war er wohl gerade, das hätte sie momentan beim besten Willen nicht sagen können, dabei war sie stolz darauf, dass sie beide, Mutter und Sohn, ein enges Verhältnis zueinander unterhielten, obwohl sie wirklich darauf geachtet hatte, kein Klotz am Bein ihres Sohnes zu sein, ihn nicht ständig anzurufen, was er gerade mache, wie es ihm ginge, ob nicht er zufällig angerufen hatte, mit wem er sich treffe, ob er schon ein Mädchen gefunden habe, das sich als Ehefrau eignen würde, all die Sachen, mit denen ihre Freundinnen ihren Kindern auf die Nerven fielen. Miklóska rief immer von alleine an, wobei er, das stimmt schon, von seinem Privatleben nicht viel erzählte, manchmal stellte er ihr die eine oder andere Frau vor, die dann schön leise wieder irgendwo auf der Strecke blieb, aber er erzählte wenigstens von allen möglichen anderen Sachen, vom Segeln, von den Kumpels, seiner Arbeit, den Reisen, man konnte sich wirklich nicht beklagen, er half ihnen, wo er nur konnte, auch jetzt [erinnerte sich Margarita] hatte er angeboten, sie mit dem Auto zur Mitternachtsmette mitzunehmen, Mamilein, sagte Miklóska, muss das sein?, in der Kirche wird es irre kalt sein, und die Straßen sind auch ziemlich überfroren, aber Margarita antwortete dasselbe wie immer in den letzten zwanzig Jahren, es müsse sein, das sei die einzige Gelegenheit im Jahr, da sie, wenn schon sonst nie, unbedingt in die Kirche ginge, um mit dieser Geste dem einst, vor langer Zeit, ihr verzeihenden Jesulein zu zeigen, dass sie es nicht vergessen habe, dass sie es in guter Erinnerung behalten habe (und wegen noch einer anderen Sache, die ihr aber gerade nicht einfiel), woraufhin der Miklóska, dieser teure Junge [dachte Margarita], mitteilte, es käme überhaupt nicht in Frage, dass sie so spät am Abend allein in die Kirche ginge, er werde sie mit dem Rover mitnehmen. Miklóska sprach seltsamerweise immer so von seinem Auto, mit Namen und Liebe, als wäre es ein treuer Hund, vielleicht versucht er so seinen geliebten Wolfi zu ersetzen, nach dem er keinen anderen Hund haben wollte, er sagte mit vierzehn Jahren, mit Tränen in den Augen, wenn es keinen Wolfi gäbe, wolle er keinen anderen Hund. Eine Weile boten sie ihm noch welche an, aber

Miklóska hielt sich an sein Gelübde und verlangte nie mehr nach einem Hund und kaufte sich auch keinen. Und dann, wie er versprochen hatte, kam er so gegen elf von einer Weihnachtsparty, er sagte, macht nichts, er ginge später wieder hin, das liefe sowieso noch eine ganze Weile, sie setzten sich in den schönen warmen Rover und fuhren zur Kirche auf dem Bakáts-Platz.

Dann fiel es ihr ein. Es war vielleicht genau vor zwanzig Jahren, dass sie den Wolfi verloren hatten und dass Miklóska regelrecht krank geworden war deswegen [oder vielleicht, dachte jetzt Margarita, vielleicht gar nicht deswegen, und von diesem Gedanken bekam sie noch mehr einen trockenen Hals, vielleicht hatte sie, Margarita, doch etwas falsch gemacht, vielleicht wusste sie doch nicht genug von ihrem Sohn, vielleicht hätte sie etwas wissen müssen, was sie versäumt hatte, in Erfahrung zu bringen], nicht nur aß er nichts mehr und wurde krankhaft dünn, es befielen ihn auch noch alle möglichen Immunkrankheiten, auf seiner Haut entstanden furchtbare Ekzeme, er wurde ganz und gar schwach, verzweifelt rannten sie mit ihm von Arzt zu Arzt, aber keiner konnte etwas mit ihm anfangen, der eine empfahl diese Therapie, der andere jene, nichts half, und da hatte Margarita das Gefühl [erinnerte sich nun Margarita], dass sie etwas tun musste, sie konnte nicht tatenlos zusehen, Hände im Schoß, wie ihr einziger Sohn im Grunde im Sterben lag, obwohl sie um dieses Wort selbst in Gedanken einen großen Bogen machte, und wenn es ihr dennoch einfiel, ohrfeigte sie sich vor dem Spiegel stehend [sie hatte keine Angst mehr vor dem Spiegel, sondern vor dem Tod, dem Tod ihres Sohnes], und sie ohrfeigte sich vor dem Spiegel stehend, bis sie den Gedanken aus ihrem Kopf vertrieben hatte, und eines

Tages sagte sie dann zu Feri, du, Feri, ich gehe ins Kloster, und dort bete ich so lange, bis das kleinste Zeichen einer Besserung sich zeigt, dann benachrichtige mich und ich komme, und Feri starrte sie nur ungläubig an, ob seine Margarita wohl verrückt geworden sei, er hatte nämlich vom Vater seiner Frau diesen alten Kosenamen übernommen, er machte ihr als Margarita den Hof und heiratete sie als Margarita, aber sie wolle sie doch nicht alleine lassen, ihn und den Miklóska, wenn sie doch so große Probleme haben, und er konnte gar nicht glauben, dass das seine Margarita sein sollte, mit der er tanzen gegangen war und Ausflüge gemacht hatte und große Ess-und-Trink-Gelage veranstaltet, und mit der er die Geheimnisse der Körperlichkeit entdeckt hatte, an die sie früher nicht einmal in ihren wildesten Träumen zu denken gewagt hätten, aber Margarita war unbeugsam, Miklóska ist im Krankenhaus, sagte sie, man passt dort auf ihn auf, und du geh ihn besuchen und sage ihm, dass ich weit weg gegangen bin, um ein geheimes Zauberelixier zu holen, das ihn heilen wird, jetzt bin ich der kleine Maulwurf, der ans Ende der Welt geht, um die Matricaria chamomilla zu suchen, um die Maus zu heilen, das war Miklóskas Lieblingsmärchen gewesen, erinnerst du dich, fragte Margarita, aber Feri flehte sie an, sie möge damit aufhören, sie möge ihr Elend nicht noch verschlimmern mit diesem Wahnsinn, überhaupt, wohin zum Teufel wolle sie denn jetzt in ein Kloster gehen, aber Margarita versicherte ihm, dass sie einen Ort im Vértes-Gebirge kenne, nicht weit von den Kamandulen entfernt, und sie packte ihre Sachen und ging, so unglaublich es auch erscheinen mag [selbst jetzt, in der Rückschau], tatsächlich in eine Art Kloster, und dankte in Gedanken ihrer Omama, dass sie sie hat taufen lassen, denn das war die einzige Frage, die die Schwestern stellten, als sie darum bat, eingelassen zu werden. Dort versuchte sie dann alles heraufzubeschwören, was sie seinerzeit im Religionsunterricht vom nach Zwiebeln riechenden Pater Mátyás gehört hatte, alle Gebete, alle geistigen Übungen, alle Versprechen und jedes Flehen, und wenn sie etwas nicht kannte oder vergessen hatte, sprach sie ihre eigenen Gebete, von Herz zu Herz, so ging das, sie betete Tag und Nacht in der Kapelle, hingestreckt vor dem Altar, sie hatte sich auf den Bauch gelegt und das Gesicht auf die kalten Steine gepresst, so betete sie für Miklóska, und sechs Tage später ließ Feri Margarita ausrichten, sie möge nach Hause kommen, Miklóska esse wieder und wolle nach Hause kommen. Da brachte Margarita Miklóska nach Hause, und keiner verlor mehr ein Wort darüber, es blieb nur die eine Sache übrig, dass Margarita darauf bestand, jedes Weihnachten in die Christmette zu gehen, egal, was war, und Feri, der Ärmste, dem dieses Ganze ebenso fremd war wie einst seinem Schwiegervater, deswegen verstanden sie sich ja auch so gut, der Meister hatte sich seinerzeit ziemlich gefreut, dass Margarita endlich so einen vernünftigen Typen an der Angel hatte, der ihm so gut gefiel, Feri also blieb nichts anderes übrig, als Margarita jedes Mal zu begleiten, denn er hätte sich nicht gut dabei gefühlt, wenn er sie allein hätte gehen lassen.

Abbiegespur, Közraktár-Straße, ein großes schwarzes Fahrzeug, es kommt ins Schleudern auf dem Eis, kann nicht bremsen, knallt gegen Rover, Rover gibt nicht nach [dachte Margarita], macht auch einen Dreher, Eisballett, fällt von vorne über das große schwarze Auto her, und als würde er sogar die Zähne dazu fletschen, da hast du's, großes, schwarzes Auto, Bumm, du wirst Rover nichts tun. Dann wurde es endlich still, sie hatten klein beigegeben. Ein Glück, dachte

[da] Margarita, dass ich schon dieses neue Ding anhabe, diesen Nierenwärmer, denn so ein Rettungsfahrzeug ist ziemlich zugig. Und dann wurde alles schwarz wie jenes große Auto [dachte Margarita].

An jenem Abend waren sie nicht gerade in guter Stimmung, irgendwas lag in der Luft, irgendein unsichtbarer mikroklimatischer Sturm, sie stritten sich mit Feri über jede Kleinigkeit, wohin sie den Baum stellen sollten und wozu man so einen großen kaufen musste, und in welchen Karton sie wohl den Schmuck für die Christbaumspitze getan hatten und ob man ihn überhaupt anbringen sollte, bevor Miklóska ankam, Feri bestand darauf, er habe ihn bis jetzt immer angebracht, jedes Jahr, warum sollte er ihn ausgerechnet jetzt nicht anbringen, er holt die Leiter und bringt ihn an und fertig, was muss man darüber so viel lamentieren, man muss ihn deswegen nicht anbringen, sagte daraufhin Margarita [erinnerte sich Margarita nun], aber da schrie sie schon, weil du achtundsiebzig Jahre alt bist, du Unglücksrabe, was willst du da oben auf der Leiter, du siehst ja sowieso nicht mehr als eine blinde Maus, wie könntest du den verdammten Spitzenschmuck überhaupt an seine Stelle bringen, der Miklóska wird es schon machen, und hier weinte sie fast schon, so wütend war sie auf Feri, den der Teufel geritten haben musste an jenem Tag, er widersprach einfach in allem, vielleicht fühlte er sein Schicksal herannahen, dass er wieder in die verdammte, kalte Kirche gehen wird müssen und sich dort diesen endlosen Sermon anhören, er hasste die ganze Angelegenheit schon im voraus und rächte sich dafür schon im voraus an Margarita, er machte es nicht bewusst [dachte jetzt Margarita], er wurde nur, je näher der Abend heranrückte, immer gereizter, dabei ging er zu Mittag noch gut gelaunt auf den Markt, um den Fisch zu kaufen, dort beschnupperte und betastete er dann alles, er liebte es, auf den Markt zu gehen und unter den Waren auszuwählen, und die Marktweiber grüßten ihn schon von weitem, was ist los, Onkel Feri, wieso so spät, haben Sie verschlafen?, von wegen schlafen, sagte Onkel Feri und seine Augen leuchteten, ich hatte ein bisschen was zu tun im Bett, wenn Sie mich verstehen, meine Liebe, sagte er und zwinkerte dazu, na, Sie sind mir vielleicht einer, Onkel Feri, johlten die Marktweiber und gaben ihm ihre schönste Ware, und er war noch beim Mittagessen ganz guter Laune, er freute sich schon im voraus, wie überrascht Margarita sein würde, dass er ihr den Polar-Leibwärmer gekauft hat, den wunderschönen in Lila, den er im Fahrradladen gesehen hat, den man aber auch tragen konnte, wenn man nicht Fahrrad fuhr, nicht wahr, fragte er den Verkäuferjungen, und der kicherte freundlich, na klar, Sie können ihn ruhig kaufen, Onkel Feri, er war ein Klassenkamerad vom Miklóska gewesen und wohnte in der Gegend. Nach dem Mittagessen legte er sich noch ein bisschen hin, aber sobald er wieder wach war, bekam er sich nicht mehr in den Griff, er wurde immer nervöser und angespannter, und als Miklóska am späten Nachmittag ankam, um Geschenke zu tauschen und zu Abend zu essen, war der Zirkus schon in vollem Gange, Miklóska trat verwundert von einem Bein aufs andere, was denn mit ihnen los sei, er versuchte, sie zu befrieden, richtete den Spitzenschmuck, der an der falschen Stelle und schief hing, brachte die Pakete herein, und sie verteilten die Geschenke, was die Gemüter einigermaßen beruhigte, nur Margarita fragte Feri ein wenig indigniert, was zum Henker das sei, ein Nierenwärmer, aber dann freute sie sich, wie weich er war und wie schön lila, das war immer ihre Lieblingsfarbe gewesen, und auch Feri freute sich über die

karierte Schildmütze, er klemmte sich eine Pfeife in den Mundwinkel und sagte, ich bin der Schärloch Holmes, kein Geheimnis ist vor mir sicher, und dann langte er mit dem Mundstück der Pfeife in Margaritas spitzenbesetztes Dekolleté, zog ein wenig den Stoff weg und warf einen Blick zwischen ihre schon etwas runzlig gewordenen Brüste, woraufhin ihm Margarita einen Klaps gab und sie sich zum Abendessen begaben. Später ging Miklóska zu seinen Freunden, und sie setzten sich vor den Fernseher und sahen sich irgendeinen idiotischen amerikanischen Weihnachtsfilm an, zumindest war er laut Feri idiotisch, aber Margarita gefiel er sogar ziemlich, blöder Snob, es muss nicht jeder einen lila Kunstfilm machen, murrte Margarita, darüber stritten sie sich noch ein bisschen, dann ging Margarita in die Küche, um abzuwaschen. [Dachte Margarita.]

Hörst du mich, Papa? Sie drehte langsam den Kopf, um ihren Mann auf dem Nachbarbett zu sehen. Matricaria chamomilla, murmelte Feri, dem Rhythmus der in seinen Arm tröpfelnden Infusion folgend. Man muss Miklóska eine Matricaria chamomilla holen. Woraufhin Margarita einfiel, dass das eigentlich nichts anderes bedeutete als einfach Kamille. Und wie verwundert der vierjährige Miklóska war, als er das erfuhr. Denn er haaasste Kamille, er sagte es immer so, mit einem langen A, ich haaasse es. Er hätte längst anrufen müssen, dachte Margarita. Gleich ist es Morgen und er hat noch nicht angerufen.

Gift

Am Morgen lag sie unter dem feuchten, durchgeschwitzten Laken, das sie statt einer Bettdecke benutzt hatte. Seit Wochen träumte sie jede Nacht dasselbe, immer haargenau dasselbe, und lieber zog sie gar kein Nachthemd mehr an, denn auch das hätte nur an ihr geklebt wie ein unangenehmer kalter Umschlag. Nicht die Hitze war so groß, damit hatte sie Glück, sie wohnte auf einem Plateau, beinahe achthundert Meter über dem Meeresspiegel, aber nicht so weit vom Meer selbst entfernt, dass man nicht hätte das Salz in der Luft spüren können, es herrschte ein angenehmes, subtropisches Klima dort, wo sie wohnte, denn das Land und darin die Stadt wurde vom Wendekreis des Steinbocks durchschnitten, wie von einem frisch geschärften Buschmesser (»Aqui passa o Trópico de Capricórnio«, las sie während eines Ausflugs auf einer Tafel). Da konnte man sich nicht beschweren, dachte K., wie sie so dalag, nass geschwitzt, die Stadt, die sie bei sich immer nur so nannte: »die Stadt«, denn mit Namen nannte sie nur jene andere, zu Hause, die Stadt hatte wirklich alles getan, um sie aufzunehmen, mit ihrem pulsierenden, starken Körper umrankte und umarmte sie K.s moribunden, welkenden Körper immer und immerzu, wie eine großgewachsene Kobra, eine Jibóia, eine gewöhnliche Boa constrictor oder an fröhlicheren Tagen eine bunte, regenbogenfarbene Boa, sie drückte schön langsam die Luft aus ihr heraus, und jedes Mal, wenn sie den Druck etwas erhöhte, hörte K. das berüchtigte Rülpsen der Boas, *bafo da jibóia*, und einmal, als sie Glück hatte, hörte sie es auch im Schlangenzoo, sie wünschte, sie hätte es nicht gehört, es ist ein fürchterliches Geräusch, und in schlimmen Nächten, wenn plötzlich die Luft aus ihrem Zimmer, ja sogar aus ihren Lungen entwich, fuhr sie von diesem Geräusch hoch und stellte fest, dass sie schon wieder denselben Traum geträumt hatte.

*

Katalin Karády, berühmte Diseuse, ging nach Brazil, ging nach Brazil, in die traurigen Tropen. Im tödlichen Frühling des Jahres dreiundfünfzig kam sie mit dem Schiff in die traurigen Tropen; fliegen traute sie sich nicht, sie hatte Angst, sie könnte abstürzen, obwohl – jedem seinen eigenen Tod, nicht wahr. Wer bist du, warum bist du hier, Katalin Karády, fragte der Offizier am Tor nach Brazil – die Ungarn verloren die WM im tödlichen Frühling des Jahres vierundfünfzig, wer stand im Tor?!, im ungarischen Tor, o weh, o Graus, ein erneuter Treffer, ein neues Mohács. Mein Beruf ist Karády, so die Karády spitz, José ins Gesicht, doch wie sie ihren Namen aussprach, sah sie es vor sich: Wie das Wort mit einem dumpfen Knall zu Boden fiel, geradewegs vor Josés schön gewichste Stiefel in den Staub (*senhor official*, Herr Offizier!, schrie ihm an jenem Morgen ein winziger schwarzer Schuhputzer hinterher, der vor dem Hafenamt herumlungerte, lassen Sie mich Ihre Stiefel auf Hochglanz polieren, Sie werden sehen, sie werden glänzen, wie ein Spiegel, Sie können sich den Bart darin zwirbeln, wer weiß, ob nicht eine wunderschöne Senhora heut kommt, vor der Sie sich fesch zeigen müssen, nicht, dass Sie jetzt nicht schon fesch wären, missverstehen Sie mich nicht, Herr Offizier!, aber wenn Sie auch noch Ihren Schnurrbart zwirbeln würden, dann wären Sie einfach unwiderstehlich, so der schlaue kleine Negus, und dieser Wortflut kann auch ein José nicht mehr widerstehen, meinetwegen, Chico, ich habe heute einen guten Tag, da hast du meine Stiefel, poliere sie spiegelblank), erinnerte sich José, als er sah, wie das Wort der fremden Frau in den Staub fiel, und als sein Blick die Spitze seiner Stiefel streifte, zwirbelte er verstohlen, *furtivamente,* seinen Schnurrbart. Katalin Karády verfolgte mit José den Flug ihres Namens, sah bass erstaunt in den Staub von Brazil, was zum Henker (und wie sie hinuntersah, bildeten sich an der schon weich gewordenen Haut ihres Halses winzige Falten, in denen sich glitzernde Schweißperlen versteckten, wie die Diamanten an jenem Ring, den sie an einem verschneiten Dezembertag in die Tasche eines anderen, im Nebel verschwindenden kleinen Offiziers, eines kleinen Kammmolchs gesteckt hatte am Donau-Ufer, er möge doch die Kinder laufen lassen, machen Sie doch keinen Fehler), hätte Katalin Karády einfallen können, wäre das nicht alles irrelevant gewesen momentan und hätte sie die glitzernden Schweißperlen in ihren Halsfalten überhaupt gesehen, und dass sie sie nicht sah, war ein Glück, denn dieser Anblick hätte ihr nur den hinterhältigen Wellenschlag der Zeit wieder in Erinnerung gebracht, wie der Anblick der dunkel wogenden Wellen des Ozeans vom Sonnendeck des Überseeschiffs aus, immer dasselbe, bis zur Übelkeit, bis zum Erbrechen, schäumende Tage. Und wie sie ihrem im Staub liegenden Namen zusah, wie er sich noch ein wenig bewegte, sich wand, sah sie, wie er langsam aus sich herausschlüpfte und sich davon machte von den Ufern des Ozeans, nichts als eine ausgetrocknete, schuppige Haut zurücklassend, geradewegs in der pulsierenden Vulva des feuchten Dschungels verschwand. Hier, Schnitt, hoben Katalin Karády und José langsam den Blick und sahen einander an. Na so was, sagten sie fast gleichzeitig, *que coisa*!, davon löste sich die Stimmung zwischen ihnen, Katalin Karády lachte José müde an, worauf José unweigerlich zu seinem Schnurrbart griff, ihn einmal zwirbelte und ohne viel Federlesens den Passport Katalin Karádys abstempelte. *Bemvinda no Brasil,* sagte er mit einer von ungezählt viel Zigarren rauhen Stimme und nickte dazu noch militärisch mit dem Kopf, auf seinem glänzend brillantinierten Haar hätte man surfen können, und wenn ich etwas für Sie tun kann, jederzeit, fuhr José leiser fort, doch da ging Katalin Karády bereits auf den Zoll zu, ach, nicht du auch noch, murmelte sie vor sich hin, dafür bist du doch noch zu jung, ein Bübchen, und sie hakte sich bei der Irma Frank ein, und sie machten sich lachend aus dem Staub. Doch wie sie da stand, Katalin Karády, und auf die Schiffskoffer wartete, fingen ihr auf einmal Arme und Beine wild zu zittern an. Arme und Beine zitterten wild, sie musste sich sofort hinsetzen, und da es in der Nähe nichts gab, auf das man sich hätte setzen können, ließ sie sich auf den gepanzerten Rücken eines trägen Gürteltiers fallen und fing bitterlich zu weinen an, so dass es Irmuska Frank kaum gelang, sie zu beruhigen. Was ist los, süße Katalin Karády, warum weinst du hier so bitterlich? »Gott, mein Gott, o lass herunterfahren deine feurigen Blitze, dass in Furcht sogleich mein Gespann umkehre!«, schrie daraufhin Katalin Karády, die arme Irmuska Frank wusste gar nicht, was sie tun sollte vor lauter Schreck, sie holte ein Spitzentaschentüchlein mit Monogramm aus ihrem Ridikül und rannte damit zur Vogeltränke, um es zu befeuchten, doch auch dabei hörte sie Katalin Karádys Wehklagen, »sie ergreifen mich gleich, werfen mich ins Feuer, mit meiner schönen weißen Asche bauen sie die Mauer!«, und die Passagiere der SS Maria Nostra, die gerade das Schiff verließen, beobachteten besorgt die Ereignisse, was wird aus dieser armen Frau, wobei sie daran dachten, dass sie sich auch nicht viel besser fühlten, von der Schifffahrt schwankt einem jeden der Boden unter den Füßen, aber sie schrien wenigstens nicht herum, sie wussten sich zu beherrschen, schließlich und endlich sind wir Europäer, nicht wie diese hier, im Laufschritt kam die erschrockene Irmuska Frank zurück, drückte das nasse Taschentuch auf Katalin Karádys Stirn, davon schien sie sich etwas zu beruhigen, und sie hauchte nur noch leise vor sich hin, »mein Kutscher, mein Kutscher, lass einspannen den Wagen, zu meinem Manne will ich heute noch fahren« … István, sag ihnen bitte, morgen ist Ball im Savoy, la Tangolita kann nicht zahnlos sein, meine Zähne, Irmuska, meine Zähne sind rausgefallen, bitte, tun Sie mir nichts, und da ließ Irmuska Frank sie hinlegen auf dem schuppigen Panzer des Gürteltiers und setzte sich neben sie, zog Katalin Karádys Kopf vorsichtig in ihren Schoß. Ist ja gut, Katalin Karády, alles ist gut, hab keine Angst, solange du mich siehst, und tatsächlich, da setzte sich ein ausgewachsener Tukan auf Irmuskas Schulter und fing mit seinem dicken, bunt verhornten Schnabel an, aus der tiefen, knochigen Einbuchtung hinter ihrem Schlüsselbein zu trinken, in der sich die Tropfen der sich niederschlagenden Feuchtigkeit wie in einem kühlen Becken gesammelt hatten.

Als sie sie das erste Mal sah, konnte sie nicht genug von ihnen kriegen, aber den Grund dafür konnte sie nicht begreifen. Sie ekelte sich vor ihnen, dennoch ging sie jedes Wochenende, wenn der Hutsalon geschlossen hatte, dorthin. Das Butantan öffnete erst um zehn, doch sie war schon früh wach, von der unerklärlichen Aufregung erfüllt, die in dieser Stadt nur dieser eine Ort in ihr auslösen konnte. Weder der Anblick des Meeres, das eine Dreiviertelstunde von ihrer Wohnung entfernt lag, noch die Menschenmenge und der Verkehr, der in den Straßen der Stadt tobte, weder der klebrige Wahnsinn des Karnevals noch die öligen, ihre Körperlichkeit bereitwillig zur Schau stellenden Männer und Frauen, das Essen, die Gewürze, die schweren Düfte oder das wahnsinnig machende, pausenlose Zirpen der Zikaden, nichts davon konnte ein solch heftiges Sehnen und eine so große Befriedigung in ihr auslösen wie die tausend verschiedenen Bewohner des Schlangenzoos im Butantan. Langsam kam sie dahinter, dass es die empfundene Abscheu war, von der sie nicht genug kriegen konnte. Dass es einen Ort gab, an dem ihr geheimster Seelenzustand plastisch wurde, sozusagen mit den maximalen Werkzeugen der Theatralität auf die Bühne gebracht, sichtbar und greifbar, die Abscheu, die sie dem Leben gegenüber empfand. Doch zu dieser Erkenntnis gelangte sie erst viel später.

Bis dahin gab sie sich dieser unbezwingbaren Anziehung, ja, dieser Leidenschaft unbewusst hin, einer Leidenschaft, die in ihrem Leben sonst fehlte, und zwar in einem solchen Maße, dass sie sich dessen nicht bewusst werden durfte, sonst wäre ihr Körper wahrscheinlich sofort mit der von dunkellila Amethystkristallen bedeckten Wand der Vulkanite verschmolzen oder mit den metamorphen Gesteinsformen, den Serpentiniten, den Magmatiten und Pegmatiten, in denen sich überall im Land die Fundstellen von Smaragden, Diamanten, Chrysoberyll, Brasilianit, Aquamarin, Achat und anderen Edelsteinen befanden. Kurz: sie hätte sich in Stein verwandelt. Aber sie hatte bereits ihre Methoden. *Deine Küsse sind Lüge, deine Lippen Betrug, du kommst nur noch aus Gewohnheit zu mir, du spürst kein Verlangen, und ich hoffe nicht mehr, was bleibt, ist allein das Leiden an dir.* Mal galt sie als kommunistische Agentin, mal als eine Juden rettende Schlampe, mal einfach nur als eine dreckige Nutte, die man mal tüchtig rannehmen müsse. Sie schlugen sie, sie sang. Natürlich nur innerlich, dennoch laut genug, um sich von ihrem Fleisch abzulenken. Das Fleisch ist nur Fleisch. *Mir reicht es mit Ihnen, trösten Sie sich anderswo, ich schwöre bei Gott, das macht mir nichts aus!* Das Fleisch ist nur Fleisch. *Es tut vielleicht ein bisschen weh, doch wenn man scheiden muss, mein Herz, sag nicht mit Tränen Adieu.* Das Fleisch ist nur Fleisch. Bis zur Ohnmacht. Aber wann das war ... In diesem schweren Dunst ist es unmöglich, die Zeit wahrzunehmen, seufzte K., zehn Jahre erschienen manchmal so lang, sie hätten ausgereicht, dass sich Berge aus der Erde hervortaten, und manchmal war es ihr am Morgen, im Badezimmer, als würde sie immer noch das brennende, scharfe Prickeln des Traumes auf ihrer Haut spüren. Und ob das alles in ihrem Leben geschehen war oder in dem von jemand anderem, das hätte sie gerne gewusst. Dies von dort aus festzustellen, wo sie sich befand, erschien unmöglich. Aber schließlich fand sie auch hier eine Lösung, die für sie einzig mögliche Methode. Den Ort, der das Überleben garantiert. Ein bewahrender Hohlraum in der Gesteinshülle der Zeit.

Die Schlangen lebten hinter Gittern, in riesigen Käfigen, was natürlich beruhigend war, mehr noch, sie empfand sogar eine Art Genugtuung, als sie ihnen in ihrer Gefangenschaft zusah. Dennoch, das größte Glück empfand sie, wenn sie sie berühren durfte, und im Butantan-Institut war auch dies möglich. Während eines bestimmten Tagesabschnitts, einige Stunden nach der Fütterung, wenn die Bestien die Mäuse, Frösche, Insekten und andere Delikatessen, die sie bekommen hatten, schon verdaut hatten, nahmen die Pfleger die eine oder andere aus dem Käfig heraus, und dann konnte man sie in die Hand nehmen. Sie zeigten ihnen, wie man die Schlangen nehmen musste, beim Kopf, wie man ihr

Maul öffnen und die Zähnen untersuchen konnte, wie man den Giftkanal suchen musste, wie man selbst die größten Exemplare ohne Gefahr um sich wickeln konnte, alles, was man brauchte für ein vertrautes Beisammensein. Sie zeigten, wie sie das Gift der giftigen Arten gewannen – das machten natürlich nur sie, die Pfleger –, und erklärten schließlich auch, wie dort vor Ort Gegengifte daraus hergestellt wurden, in dem Institut, das in einem alten Kolonialgebäude neben dem Serpentarium arbeitete. Außer ihr gab es noch ein, zwei Gäste, die regelmäßig kamen: ein langgliedriger Teenager mit Akne, ein immer tadellos gekleideter alter Herr mit Stock und ein junger Mann mit seinem kleinen Sohn, so dass die Pfleger sie schon von weitem und mit Namen begrüßten. Bom dia, Dona K., qual será hoje?, fragte stets Jerónimo, ein Mulatte, der auf einem Bein hinkte, als wäre er die Madame eines vornehmen Bordells. Das heißt, mit welchem Insassen K. an jenem Tag gerne in nähere Bekanntschaft treten würde; es war ein Privileg der Stammgäste, dass sie Bestellungen aufgeben durften. Der Teenager verlangte nur so im allgemeinen die längsten nicht giftigen Schlangen, die er um sich wickeln konnte, der junge Vater gab die Bestellungen seines kleinen Sohns weiter, der sich am ehesten für Pythons und Klapperschlangen interessierte, der alte Herr allerdings verlangte immer ein und dieselbe Schlange, eine nicht besonders große, aber um so giftigere schwarzweiß gemusterte Kobra (auf ihrem Schild stand: bothrops jararacussu). Nehmen wir doch diesmal die Hundskopfboa, hatte K. die Woche zuvor nach einigem Nachdenken gesagt, denn sie mochte das beinahe unwirklich schrille, fröhliche Grün dieser Schlangenart, oder nein, doch lieber die gelbe Anakonda, oder nein, nein, K. musste lachen und Jerónimo nickte verständnisvoll, keine leichte Wahl, nicht wahr, fragte auch er lachend, und angesichts seines gesunden weißen Gebisses verspürte K. plötzlich einen leichten Schlag in der Magengrube, wirklich nicht, sagte sie, die Auswahl ist wirklich riesig, wissen Sie was, sagte Jerónimo, ich nehme heute für Sie zwei heraus, aber nur für Sie, weil Sie so schön sind, ach was, sagte K., als ich schön war, waren Sie noch gar nicht geboren, und da standen sie schon an den Gittern.

Man versucht in den Käfigen deswegen so genau wie möglich die natürlichen Lebensumstände der Schlangen nachzubilden, erklärte Jerónimo, weil glückliche Schlangen das meiste Gift produzieren. Und das Institut brauche für das Herstellen von Seren so viel Gift wie möglich. Vielleicht, sann K. nach, zog es sie deswegen so sehr an diesen Ort, wo man die Produktion von Gift in ihr Gegenteil verkehren konnte, wo man aus einem tödlichen Stoff Medizin herstellen konnte, wo das Schlimme schließlich gut wurde, und als wäre der Ort selbst die architektonische und gartenbauliche Inkarnation dieser siegreichen Geschichte. Das Institut, das in der Mitte der Stadt lag, umgab nämlich ein riesiger botanischer Garten, fast schon von den Ausmaßen eines Waldes, erfüllt vom besonders feinen Duft der üppigen Pflanzenwelt. Es gab welche, die nur hierherkamen, um gute Luft einzuatmen, auf den Bänken im Park sitzend zu lesen, ein Rendezvous mit jemandem zu haben oder sich einfach nur zu sonnen.

K. wartete am meisten auf den Moment, wenn sie ein Exemplar in der Hand halten konnte und wieder und wieder eine mit Freude gemischte Überraschung erlebte, denn sie hatte sich immer vorgestellt, dass der Körper der Schlangen unangenehm glitschig wäre, doch als sich ihr das erste Mal die Gelegenheit bot, sie zu berühren, einen körperlichen Kontakt herzustellen, und zwar mit einer schicken Korallkobra, die Jerónimo spielerisch sofort um K.s Hals winden wollte, mit der können Sie sogar zum Ball gehen, sagte der Junge, Sie wären die Ballkönigin, *rainha do baile*, doch dann, als er sah, wie K. lächelnd abwehrte, gab er sie ihr nur in die Hand, und von der unerwarteten, trockenen Kühle, die ihre Handfläche und die die Schuppen ertastenden Fingerspitzen empfingen, kam eine besondere Ruhe über sie. Als wäre die Berührung selbst eine Art heilendes Serum. Das war das Gefühl, das sie immer und immer wieder erleben wollte, nach dem sie sich heimlich die ganze Woche über sehnte, guten Tag, Madame, an was für eine Art Hut dachten Sie bitte, *que tipo de chapéu*, an einen eleganten für den Abend oder eher an einen für alle Tage, und während sie dem Augenschein nach hingebungsvoll ihren neuen Beruf ausübte und der Salon in der ganzen Stadt bekannt wurde, hielt sie in Wahrheit, und das hätte sie am liebsten sogar vor sich selbst verleugnet, die ganze Woche über nur der eine Gedanke aufrecht, dass sie am Samstag und am Sonntag endlich zu den Ihren gehen würde, denn heimlich dachte sie nur noch so an sie, mit einer verstörenden Mischung aus Empathie, Solidarität und Identifizierung. Und wenn sich manchmal ein sogenannter Landsmann in ihren Laden verirrte, der, nachdem er die Frau in ihren Vierzigern, die hinter dem Pult stand, eine Weile unsicher gemustert hatte, in ihrer Muttersprache einen sich immer und immer wiederholenden Satz anfing, mit dem er sich danach erkundigte, wer sie sei, sprach K. noch schneller in jener anderen, geliehenen Sprache und drehte sich weg, zum Regal hin, um von dort einen Hut herunterzuholen, der genau für die Kundschaft passte, womit sie kurzerhand sonstigen möglichen Richtungen der Konversation den Weg abschnitt.

Auch an diesem Tag, wie auch an jenem Wochenende, kam der alte Herr auf seinen Stock gestützt, er trug einen leichten Sommeranzug mit hellblauen Streifen und die unvermeidliche Fliege, und grüßte, als er an den Käfigen ankam, respektvoll K. In seiner Stimme mischte sich die Ehrerbietung gegenüber der Schönheit mit einer Art Kameradschaftlichkeit, als hätte die Laune des Schicksals sie in denselben Schützengraben gespült. Wie ich sehe, sind Sie mir heute zuvorgekommen, sagte er lächelnd. K. berief sich auf den Bus, dieser sei heute schnell gefahren, und sie, wie immer, wunderte sich über die plumpe Plastikschnur, die über die ganze Länge des Busses gespannt war und an der man ziehen musste, wenn man aussteigen wollte. Als würde man die Toilette spülen, dachte K. und zog kräftig an der Schnur. Heute sehen Sie aber ganz besonders hübsch aus, verteilte der alte Herr seine Komplimente, und K. wiegelte, wie immer, auch diesmal freundlich ab. Ach was. Was Sie nicht sagen. Aber vielen Dank. Der alte Herr war der einzige Mann in den vergangenen Jahren, dessen Annäherung sie, wenn auch nur auf diesem Niveau, bereit war anzunehmen. Verschwunden, gestorben, getötet, hingerichtet, solche Sachen erzählte man sich von demjenigen, den sie in jener anderen Stadt zu Hause erwartet hatte (oder hat sie sich das alles nur eingebildet?), und da überfiel K. auf einmal das Gefühl, dass dieses in ihren Organismus eingespritzte Gift anfing, eine gallertartige Masse in ihren Adern zu bilden, die der Zirkulation allmählich den Weg abschnitt, und jetzt, dort, am Käfig der Schlangen stehend, könnte ein geeignetes Gerät anzeigen, dass der Sauerstoff in ihren Adern nur mehr durch eine ganz schmale Rinne transportiert wurde.

Jerónimo eilte auf sie zu, rasselte schon von weitem mit seinen Schlüsseln, ich komme schon, Sie sind vielleicht ungeduldig, rief er mit seiner liebenswerten Stimme, und so schnell es sein hinkender Fuß zuließ, beeilte er sich, zu ihnen zu kommen. Fünf Minuten nach Öffnung waren von den Stammgästen nur K. und der alte Herr da, der junge Bursche schlief nach einer durchzechten Freitagnacht mit den Kumpels wahrscheinlich noch den Schlaf der Gerechten, der Vater frühstückte vielleicht noch zu Hause mit seinem kleinen Sohn und erkundigte sich bei der Mama, wann sie wieder zu Hause sein sollten, wann das Mittagessen fertig sein werde. Na, wer wird heute die glückliche Erwählte?, erkundigte sich Jerónimo an K. gewandt, denn der Fall des alten Herrn war klar, man musste ihn nicht fragen. Nehmen wir die Tigerkobra, sagte K. ungewöhnlich schnell entschlossen. Die lila-gelb-schwarzen Farben der Schlange erinnerten sie nicht im geringsten an einen Tiger, eher an einen verhinderten Arapapagei, und das machte sie immer fröhlich. Sie ist gerade in der Mauser, sagte Jerónimo, ich würde vorschlagen, dass Sie sie sich heute nur ansehen, Madame. Und der alte Herr, als er K.s enttäuschtes Gesicht sah, sagte auf einmal, wissen Sie was, wenn Sie wollen, können Sie Doris in die Hand nehmen, woraufhin sich K. verwundert zum Alten wandte. Das würden Sie mir wirklich erlauben?, fragte sie und setzte sich auf die Bank, die vor den Käfigen stand. Der Alte ließ nämlich nie zu, dass jemand anderer diese Schlange, die er Doris nannte, jemals für sich verlangte. K. traute ihren Ohren nicht. Ihnen ja, sagte der Alte und streckte schon die Hand aus, um die Schlange, die man ihm brachte, entgegenzunehmen, komm, Doris, sagte er, sag guten Tag zu der Senhora.

Als K. Doris' trockene, kühle Haut berührte, spürte sie, wie die Ruhe in ihr Raum gewann. Der Alte sah sie beide an, und seinen Augen war anzusehen, dass er zufrieden war mit dem Anblick. Dadurch ermutigt, dachte sich K., dass sie doch die Frage stellen sollte, die sie schon lange hatten stellen wollen, sie wollte bloß nicht aufdringlich sein, schließlich mochte auch sie es nicht, wenn man sie mit unnötigen Fragen belästigte. Warum verlangen Sie immer diese Schlange, warum immer die Doris? Der Alte neigte für einen Moment den Kopf zur Seite, wie einer, der darüber nachdenkt, wie man diese Frage beantworten könnte. Wegen meiner Frau, sagte er schließlich, und da K. offensichtlich noch auf mehr als diese Erklärung wartete, fügte er hinzu, sie hat meine Frau gebissen, und ich habe sie gefangen und habe sie geknebelt, wie man es uns beigebracht hat, und habe sie hierhergebracht, aber ihren Giftzahn habe ich ziehen lassen. Wir waren jung und dumm, wir hatten kein Serum bei uns, wir dachten, uns kann kein Unglück treffen, schließlich waren wir zusammen. Wir waren seit zwei Jahren verheiratet, sagte der Alte und strich über Doris' schuppigen, rauhen Körper. Weinen Sie nicht, sagte er, als er in K.s Gesicht blickte, Sie leben doch noch.

K. sah verlegen zum Käfig der Tigerkobra und sah, wie diese, genau so, wie Jerónimo es sagte, gerade aus ihrer alt gewordenen, verhornten Haut schlüpfte. Und wie sie dieses sonderbare Phänomen beobachtete, von dem sie nicht hätte sagen können, ob es sie nun anzog oder abstieß, fiel ihr auf einmal ein, na also, das klappt doch wie das Brezelbacken, das kam ihr von irgendwoher, aus dem Nebel ihrer Kindheit herbeigeschwommen. Wenn Sie es sagen, sagte K. und legte Doris bereits mit trockenen Augen in die alte, knochige Hand des Alten zurück. Verzeihen Sie, ich wollte Sie nicht beleidigen, sagte der Alte besorgt, worauf K. nur den Kopf schüttelte, das haben Sie nicht, ich muss nur jetzt gehen, sagte sie. Sie stand auf, strich die Knitterfalten aus ihrem ärmellosen, bunten Leinenkleid, grüßte und ging Richtung Ausgang. Dona K., rief ihr noch Jerónimo hinterher, wollen Sie nicht eine andere auswählen? Aber da war K. schon in einer Kurve der Palmenallee verschwunden.

Venus-Transit

Schon beim Einsteigen sehe ich ihr an, wie aufgelöst sie ist. Lange Sekunden sitzt sie mit geschlossenen Augen auf dem Rücksitz, den Kopf gegen die Kopfstütze gelehnt. Zwischen tiefen Seufzern schnappt sie nach Luft, als würde sie keinen Sauerstoff darin finden können. Gleich wird ihr schlecht, das erschreckt mich etwas, nicht doch hier, ausgerechnet in meinem Taxi.

Wohin darf ich Sie bringen?

Egal. Hauptsache weg hier, aber schnell.

Aber wohin, nach Buda, nach Pest?

Nach Pest. Das ist am anderen Ufer, oder? Je weiter weg, desto besser.

Das ist natürlich eine Aufforderung zum Tanz, so viel Erfahrung habe ich nach zwei Jahren Taxifahren schon. Dass ich also fragen muss. »Hatten Sie einen schweren Tag?«, »Gab's Ärger?« So was in der Art. Sie erwartet scheinheilige Sätze, Fragen von mir à la »komm, Engelchen, wein dich bei mir aus, hier, an meiner breiten Schulter«. Ich bin mir nicht sicher, ob ich das will. Ich bin mir nicht sicher, ob ich die Details ihres Liebesdramas hören will. Denn dass es sich um ein Liebesdrama handelt, daran besteht kein Zweifel. Nein, ich will nicht wieder der Beichtvater umständehalber sein oder der Psychiater. Sie langweilen mich, diese kleinkarierten, sich selbst wiederholenden Geschichten. Ich würde viel lieber ihren Nacken berühren, der für einen Moment in der Heckscheibe aufblitzt, ihre vorn sich in widerspenstigen Schnecken kringelnden schwarzen Locken sind hinten kurz geschnitten, das sieht so schutzlos und ausgeliefert aus. Mit einer Guillotine könnte man ihr mir nichts dir nichts den Kopf abschneiden. Ihre seidigen, überraschend großen und fleischigen Ohrläppchen stehen unten interessanterweise ein wenig nach außen und oben, ein leichtes V formend. Vielleicht hat sie sie, wenn sie nervös war, häufig hin und her geknickt. Manche zupfen an ihren Haaren, andere trommeln mit den Fingern und wieder andere knicken sich die Ohren. Töchterchen, hör auf, an deinen Ohren zu zerren, sonst bleiben sie noch so. Wenn ich hineinbeißen würde, würde ihr rubinrotes Blut hervorquellen. Geschenkte Ohrringe. Nein, ich werde nichts sagen. Ihre Anwesenheit füllt das Innere des Autos aus wie eine besondere Materie, die, sagen wir, von der NASA für die Raumfahrt entwickelt worden ist, sie füllt selbst die kleinsten und verstecktesten Höhlungen aus, fließt überall hinein, in den Gepäckraum, den Aschenbecher, in Ohrmuscheln, Bronchien und Poren, Mari, natürlich, jetzt, am Südbahnhof, fällt mir endlich ein, woher ich dieses Gefühl kenne, von dem sich mir sofort der Magen verkrampft (als sie einstieg, verkrampfte er sich sofort), Mari konnte mit ihrer Anwesenheit alles so ausfüllen, zum Schluss konnte man kaum mehr atmen davon, denn ihre Existenz kroch bis in die Nasenlöcher, in die Mundhöhle und verstellte der Luft den Weg, so dass auch ich so stoßweise und schwer atmete wie diese hier hinten, ich schaue in den Spiegel, sie schaut sofort zurück, sucht den Kontakt, den Faden des Gesprächs, krallt sich wie eine Ertrinkende in meinen Blick, ich solle ihr doch endlich ein Tau zuwerfen, ein Wort, irgendwas, damit sie nicht endgültig in den Sumpf ihres kleinen Traumes versinkt. Nein, Herzchen, ich werde nicht dein Brucewillis sein, dein Stallone, meinetwegen kannst du ruhig untergehen, hier auf dem Rücksitz, wie die Titanic, du hast mir in dieser

Nacht gerade noch gefehlt, dieser Magenkrampf, der die Mari ist, den hat bestimmt auch sie geschickt, damit ich mir bloß nicht einbilde, ich könnte sie mit ein bisschen Taxifahren, ein bisschen Nachtschichten-Schieben aus meinem Organismus vertreiben, damit ich mir bloß nicht einbilde, ich könnte alles so leicht sühnen, dabei bedeutete die Andere überhaupt nichts, das Ganze dauerte keine zwei Sekunden, nach fünf Jahren, ich war einfach nur neugierig, wie eine andere Haut riecht, der von Mari kam sie nicht einmal nahe, ich wollte es nur für einen Augenblick ausprobieren, wie es wäre, ein freier Mensch zu sein, denn die Mari hielt mich mit ihren Armen umklammert wie ein wunderschöner, fleischiger Krake, ein seltenes Exemplar, wie es sie nur im Märchen gibt. Dem Anschein nach zerbrechlich, schwach, auf Schutz angewiesen, aber wenn du ihr nachgibst, wird sie dich über kurz oder lang mit ihrer Umarmung zerdrücken, und die hier sitzt genauso dahinten, als würde sie gleich in ihre Moleküle zerfallen, wenn ihr nicht jemand hilft, schon wieder seufzt sie gut hörbar, vielleicht erbarme ich mich ja ihrer, warum ich, warum wählen diese kleinen Ungeheuer immer mich aus, warum lassen sie mich nicht schön ruhig durch die Nacht fahren, damit ich in einem hinreichend entspannten Augenblick das Gefühl haben kann, dass ich vielleicht wieder etwas schlafen kann, denn es gibt dieses besondere physiologische Phänomen, dass einer, den man zu schnell aus einer Umarmung entlassen hat, nicht mehr einschlafen kann, wie ein plötzlich laufengelassener Hund stellt er sich von einem Bein aufs andere, schaut sich unsicher um, weiß mit der Freiheit, die so plötzlich über ihn gekommen ist, nichts anzufangen, und es kommt nicht selten vor, dass er sich lieber jemand anderen sucht, dem er dienen kann, nur damit er nicht mit den anderen ausgesetzten Hunden durch die Gegend ziehen muss.

Wir fuhren schon über die Kettenbrücke, als sie zu reden anfing:

Ich bin noch nie bei einer weiblichen Taxifahrerin mitgefahren. Hast du keine Angst?

Duzt mich einfach so. Hast du keine Angst, du Chauffeur? Hast du keine Angst, du Frau? Sie werden dich töten oder, noch schlimmer, sie werden dich ficken.

Und du? Hast du keine Angst, dich einfach so in ein fremdes Auto zu setzen?

Ich schaue in den Rückspiegel. Ich sehe, sie lächelt leicht.

Da ist was dran.

Wir stehen an der Ampel, Attila-József-Straße, eine ungewöhnlich milde Aprilnacht, Stille. Wenn sie von nun an den Mund halten und einfach Ruhe geben würde, bis ich sie irgendwo absetze, könnte ich den plötzlichen Frühling sogar genießen.

Obwohl, was das anbelangt, ist ein Unbekannter besser als ein Bekannter. Vom Unbekannten bildest du dir wenigstens nicht ein, ihn zu kennen, vom Bekannten stellt sich am Ende immer heraus, dass er ein Wildfremder war. Pfff, wie verdammt tiefsinnig ich heute doch bin. Ich will dich mit meinen tiefschürfenden Gedanken nicht belasten.

Darauf kannst du nicht mehr nein sagen. Mein Herz ist auch nicht aus Stein. Da hast du mein nicht-steinernes, verliebtes Taxifahrerherz. Da hast du's. Reiß es ruhig in Stücke.

Wurdest du gefeuert?

Schlimmer. Es hat sich herausgestellt, dass sie einen Mann hat.

Sie schaut herausfordernd, hart in den Rückspiegel, wartet auf die Wirkung. Aufs Nicht-Verstehen. Sie ist bereit, mir eine Ansage ins Gesicht zu schleudern. Da musst du früher aufstehen, Schätzchen. Ein Taxifahrer, der nicht gleich auf den ersten Blick seinen Fahrgast einordnen kann, kann sich verabschieden und Monchichis züchten. Mein Radar piepte im allerersten Augenblick, wie es sein muss. Ihrer funktioniert, wie es aussieht, noch nicht. Vielleicht liegt es daran, dass ich mit dem Rücken zu ihr sitze. Andere sind der Meinung, man sieht es mir selbst am Nacken an. Egal. Die Tränen trüben offenbar ihren Blick. Denn, muss ich das noch erwähnen, bis wir hierhergelangt sind, laufen sie ihr schon in großen, dicken Tropfen über das leicht sommersprossige, aber sonst überraschend schneeweiße Gesicht. Der hochgestellte Kragen ihres schwarzen Ledermantels rahmt es wie ein Trauerrand. Ich drehe mich halb nach hinten. Ich will nicht leugnen, da ist ein wenig Schadenfreude in mir.

Sie hat dich also übers Ohr gehauen.

Einen Moment lang schaut sie mir verwundert in die Augen. Dann setzt sie erleichtert fort, als hätte sie unerwartet die Absolution für eine nicht begangene Sünde erhalten.

Nicht nur mich. Ihren Mann auch. Ihre Kinder. Jeden. Die ganze gottverdammte Welt.

Und wie kam es heraus? Ich kann's nicht glauben, dass ich das frage. Wen zur Hölle interessiert's, wie es rausgekommen ist, wer was gesagt hat und wer was gelogen und wie sie aufgeflogen ist, und was sie hier darauf gesagt hat, wen interessiert diese jämmerliche kleine Story, dieses Treibgutdramolett.

Du kommst nie dahinter: Der Papa fuhr auf Dienstreise, kam aber nach Hause zurück, als er noch gar nicht sollte, die Flughafenarbeiter haben gestreikt, hahaha. Ich werde ihr nie verzeihen, dass sie mich in ihr Ehebett gelegt hat. So was machen doch nur Kerle.

Und, wie es scheint, manchmal die Frauen. Es ist nur schwerer, darüber hinwegzukommen. Da sieht man wieder, wie verwerflich Vorurteile sind. Na, dann hast du heute wieder was gelernt.

Das kam leichter, härter heraus als unbedingt notwendig. Beziehungsweise gerade wegen der Notwendigkeit kam es so heraus. Ich musste sie mit irgendetwas auf Abstand halten. Ich musste versuchen, ihren brennenden, tätowierenden Blick von meiner Haut abzuwischen, wie mit einem kalten Lappen. Egal wie, ich musste den Duft ihres Atems nach Meer, Algen und Tang aus meiner Nase lüften, ich musste versuchen, zurück an die Oberfläche zu schwimmen, und nicht zulassen, dass ich zur Gefangenen dieses erstickenden Unterwassergartens werde; ich musste versuchen, sie aus meinem Geist zu löschen, ich stehe wie ein Humphrey Bogart auf der Startbahn und muss nichts sagen, denn die Frau (die ich auch bin) steigt nicht ins Flugzeug, sondern dreht sich schön langsam um, tritt neben mich und hakt sich bei mir ein; ich musste versuchen, aus meinen Erinnerungen zu löschen, wie die Mari im Flur steht und mir ins Gesicht brüllt, dass sie hofft, jemand wird mir einmal so richtig das Herz brechen, aber in tausend Stücke, damit man es nie mehr zusammensetzen kann, dann werde ich wissen, was ich mit ihr gemacht habe, denn sie sieht mir an, dass ich keine Ahnung davon habe, weil ich ein gnadenloses Tier bin; ich musste das dichte Gewebe ihrer Wimpern vergessen, wenn sie sie senkte, jenen langen, ersten Augenblick, ihre unwirklich dunklen Augen, die man ausschließlich im Binnenland des Tschad, des Kongo oder in Sambia findet, Dr. Livingstone blieb auch nicht von ungefähr für lange Jahre verschwunden, denn zu seinem Verhängnis hat er genau solche dort gesehen, und das hat ihn so unerwartet und unvorbereitet getroffen, dass Stanley hinterhermusste, um ihn dort herauszuholen. Mein Gott, dachte ich, wer wird eine Expedition starten, um mich wiederzufinden, wer wird mich aufspüren und retten, wenn doch keiner mehr hofft, dass ich noch am Leben bin, wer wird mich in diesem dreckigen, urbanen Dschungel aufstöbern, wer wird der unerschrockene Detektiv sein, der entgegen dem ausgesprochenen Befehl seines Chefs entscheidet, noch einen letzten Versuch zu wagen und sich noch die zum Abbruch freigegebene Fabrikruine anzuschauen, wo er mich schließlich halbtot findet. Ganz offensichtlich muss ich mit einem Knopfdruck alles aus meinem Gehirn löschen, wie von einer Festplatte, alles, was mir eingefallen ist, als ich sie an der Straßenecke habe stehen sehen, wo sie einstieg; dass das genau so ist wie damals vor zwei Jahren, als ich mir den Venus-Transit vor der Sonne ansah und daran dachte, dass man doch immer auf so etwas wartet, auf so ein perfektes Zusammenstehen, das dann aber natürlich schön langsam wieder auseinanderdriftet, aber solange es anhält, ist es die Perfektion selbst, eine lang hingezogene Ekstase.

Willst du vielleicht was trinken auf den Schreck?

Diesen Satz höre ich aus meinem Mund kommen. Es ist zweifellos mein Mund, aber wer da redet, das weiß ich nicht. Ich sehe ihr an, dass sie die Frage mindestens so unerwartet trifft wie mich selbst. In ihrem Gesicht erst die Zeichen der Verwunderung, dann der Erkenntnis. Jetzt endlich, wenn auch mit Verspätung, ist ihr Radar angesprungen. Ich schalte, lasse den Motor etwas hochtouren, auf der Straße ist niemand, wir fegen durch die Stadt, zwei Überlebende einer Expedition von einem anderen Planeten.

Warum eigentlich nicht. Es würde nicht schaden, diesen Dreck mit irgendwas hinunterzuspülen.

Nur das vorbeifliegende Licht der Straßenlaterne unterstreicht ihre Worte.

Aber lass uns nicht ins *Rücklicht* gehen. Ich will da keinem begegnen.

Dorthin bestimmt nicht, solche piekfeinen Lokale sind nicht mein Ding. Ich schalte die Taxiuhr aus. Ich glaube, es ist nur mehr das Blei in der Luft, das dieses Auto in Bewegung hält, denn laut Anzeige haben wir kaum mehr Benzin im Tank. Es ist, als wären wir seit Tagen unterwegs, ohne Essen und Trinken, und nun, mit letzter Kraft, erreichen wir die Oase. Oder eher ihre Fata Morgana. Wir fahren Richtung Klauzál-Platz, in die Stammkneipe meines Vaters. Heimspiel, dort fühle ich mich in Sicherheit, und sie wird da ganz sicher keiner kennen. Ich nehme die Kurve beinahe auf zwei Rädern, ein später Gassigeher zuckt erschrocken zusammen, was ist los, schon wieder eine Verfolgungsjagd? Ja, eine Verfolgungsjagd. Ich ziehe die Handbremse und schaue in den Spiegel.

Können wir?

Als würde ein kalter Lufthauch meinen Nacken streifen. Im Spiegel sehe ich auch, woher er kommt.

Sei nicht sauer … ich glaube, ich hab's mir anders überlegt.

Mit Eisenkugel professionell ausgeführter Schlag ins Herz. Ich drehe mich um, damit ich sie nicht nur durch den Spiegel sehe. Soll sie mich erschießen, Aug in Auge, wie es sich gehört.

Was sollen wir dann machen?

Ich möchte … ich möchte, dass du mich zurückbringst.

Sie zieht fröstelnd den schwarzen Lederkragen an ihrem Hals zusammen. Ihr Kopf ist jetzt so klein wie ein indianischer Schrumpfkopf.

Bist du sicher, dass das eine gute Idee ist?

Kaum ausgesprochen, habe ich es schon bereut. Ich drehe

mich um und schalte die Taxiuhr wieder ein. Wenigstens so viel Genugtuung werde ich haben, dass ich sie ihnen serviere. Von hinten höre ich noch:

Nein, aber es muss sein.

Ich schalte das Radio ein und drehe es sehr laut. Grüne Welle bis zum Moszkva-Platz.

Imaginäres Eden

Sie hatte eine schlechte Nacht gehabt. Schon wieder hatte sie vergessen, vor dem Einschlafen die Verdunkelungsvorhänge zuzuziehen. Wie ein Skalpell schnitt das frühmorgendliche Licht ihre Pupillen auf.

Gibt es ein Wort für einen Traum, der kein Traum ist?

Bei den Eskimos der Schnee, bei den Engländern die Schiffe, die Wellen. Die bunte, aber akkurat kartographierbare Mannigfaltigkeit der Welt. Gut, wenn uns ein Begriff zur Verfügung steht, der genau ist, sich schön einfügt ins System und die Unterschiede markiert zu allen anderen ähnlichen Ereignissen. Vorwärts, auf den Spuren Linnés und Mendelejews. Damit wir uns verstehen. Damit wir die Worte, die Bilder des anderen verstehen. Cogito, Kulakenliste, Mangelwirtschaft, *Lebensraum*, Ethik, Pionierversammlung. Der bestirnte Himmel über mir, Mann auf dem Mond, die Rosenbergs im elektrischen Stuhl, Lenin, wie er in der Schweiz Schach spielt.

Ihre linke Brust schmerzt. Wer weiß, was für eine Wucherung losgegangen ist im einst so verlässlichen Paar? Wer weiß, ob nicht ein Urwald, ein undurchdringbarer Dschungel in uns wohnt? Wer weiß, ob, wenn sie sich untersuchen ließe, nicht Tiger, Puma und Riesenschlangen auf dem Monitor auftauchen würden, ob man nicht meinen würde, eine Sendung aus *Welt der Tiere* zu sehen. Außen Dschungel, innen Dschungel. Nein, sie lässt sich nicht untersuchen.

In Teresópolis, in den Bergen, unweit der Pension, in der sie immer ihren Urlaub verbringen, wohnt ein hagerer alter Mann mit silbernem Haar, man könnte ihn für einen Apotheker halten. Vergebens nennt man ihn Senhor Wolfgang. Eventuell Doutor Wolfgang. Seine joviale, mollige Frau nennt ihn nur Wolferl. Mozart soll von seiner Familie auch Wolferl genannt worden sein. Man kann sich in den kühlen Bergen nicht abkühlen. Sie hatte ihrer kleinen Familie schon letztes Jahr gesagt, dass sie da nicht mehr hinwolle, aber sie verriet nicht, warum, und sie sagte auch, sie sollten lieber nach Petrópolis, das ist viel angesagter. Aber sie sind nicht bereit, so weit zu fahren. Sie behaupten, in ihrer Pension sei der Chefkoch besser und auch die Luft. Und sie braucht nur einen Atemzug davon zu nehmen, und schon spürt sie den Gestank der Fäulnis. Den Aasgeruch. Ihr Geruchssinn war immer schon hervorragend gewesen. *Der gnädigen Frau Oberwinzer, der Kißdihand* hatte Herr Wintsch den Hof gemacht, bei dem sie vor dem Krieg in Pest gearbeitet hatte. Herr Wintsch war ein verwitweter Weinhändler, einsam und sanft. Wie sagt man noch mal auf Portugiesisch gnädige Frau? Oder Turul-Vogel? Dieses Portugiesische ist eine seltsame Sprache. Er stellte die Weinlieferungen für Generäle, Grafen, auf weißen Pferden prangende Admirale, Industriemagnaten, gefeierte Künstler und Künstlerinnen und für die besten Restaurants zusammen. Müllers Lieblingswein war der Rheinische Riesling, obwohl, als Wintsch ihn darauf aufmerksam machte, dass er ihm noch etwas viel Aufregenderes empfehlen könnte, sagte er mit Pokerface nur so viel, dass er offen für jeden Vorschlag sei.

Als man fragte, wer was könne, hätte sie Nähen sagen können, wie die anderen Frauen. Aber es gab ohnehin schon zu viele Frauen, die nähen konnten. So viele brauchte man nicht. Aber von Wein verstand keiner was. Almira singt schon wieder zu laut in der Küche und das am frühen Morgen. Sie bekommt Kopfschmerzen davon.

Du lieber Himmel, fünf Uhr?! Dabei hatte sie sich nach dem Mittagessen nur ein bisschen hingelegt. Am Abend gibt es einen Empfang in der polnischen Botschaft, und sie hat einen Auftritt. Sie hat ganz passabel Polnisch gelernt. Anno dazumal, würde Paps sagen (anno dazumal: der Meister). Paps von seiner Seite war dort kein Wort bereit zu sagen, so hatte er es *entschieden*. Weder in der einen noch in der anderen Sprache, in gar keiner. Paps schwieg und sie schnatterte, wenn sie konnte. Heutzutage dolmetscht sie. Das ist gut so. Cortés und Montezuma haben ein Rendezvous, und sie streichelt ihnen über die Bumsköpfe und verschiebt das Gesagte mal in die eine, mal in die andere Richtung. Nebbich, würde Paps sagen. Vorteile, Nachteile, Strategien. An dem einen kannst du sterben, von dem anderen schmerzt ständig der Kopf. Und das niemals enden wollende Lärmen der Zikaden. Um Gottes willen, Almira, warum bringen Sie nicht längst ein Aspirin? Warum muss man um alles betteln?

Sie hat eine schlechte Nacht gehabt. Und voilà, jetzt ist der Tag da. Es gibt keine gute Tageszeit mehr. Sie schließt die Augen, Schneehaufen, so weit das Auge reicht. Hie und da ragt eine Hand aus ihnen hervor, ein Fuß. Wenn Sie vielleicht einen Wein empfehlen könnten, Fräulein, der die bisherigen übertrifft … Kanada, Barrique, Reduktionswein, Duschkopf, Pfingstrose. In ihrem Kopf ein Gedränge aus Jahrgängen, Weingegenden und Rebsorten, wie auf einem überfüllten Abfahrtsgleis, aber wenn sie die Augen schließt: Stille und Schneehaufen. Sollte sie es mit einem Roten oder einem Weißen versuchen? Einem Franzosen, einem Deutschen oder eventuell mit einem Ungarn? Was würde er zu einem unerwarteten Portugiesen sagen? Almira, Liebste, seien Sie so gut und legen mein Kleid aufs Bett und lassen Sie mir Badewasser ein. Wie könnte sie im Cocktailkleid gehen?

Es wird eine richtige Abendgesellschaft, wie es sich ziemt. Der Genosse Botschafter zählt auf ihre Dienste. Sie wird das ärmellose schwarze Abendkleid anziehen, mit den dreiviertellangen schwarzen Handschuhen. So ein kluges Kleidungsstück braucht man wie ein Kompliment: Es verdeckt die Runzeln der Hand, die Leberflecken, den Abdruck der Zeit. Ein wahrer Hauptgewinn. Auf diese Weise kann sie manchmal sogar ärmellos gehen; in Tropennächten ein wahrer Segen. Als der vom Meer her plötzlich aufsteigende lauwarme Wind über ihre Schulter streift, stellt sie sich für einen Moment vor, dass es nichts anderes gibt, nur diesen samtigen Wind, das leise Raunen des Meers und den alles bedeckenden, weichen Sand.

An jenem Tag sagte eine Polin in der Küche an, wer diesmal dran sein würde. Und ihr fiel keine einzige brauchbare Weinsorte ein. Etiketten, Flaschenformen, die verschiedensten Schattierungen von Rot und Weiß, Namen, Jahreszahlen und Fasssorten liefen vor ihrem geistigen Auge vorbei, in ihren Erinnerungen wogte ein unendlicher Katalog von Düften – aber nichts, keiner war zu gebrauchen. Keinen empfand sie als zum Anlass passend. Almira, seien Sie so gut und sagen Sie meinem Mann Bescheid, dass wir um spätestens halb sieben aufbrechen müssen.

Wenn sie die Augen schloss, Schneehaufen.

Zu Hause stellen sie sich natürlich vor, dass das hier der Garten Eden ist. Der Garten Eden aber, dachte sie, wäre der Ort, wo sich endlich einer finden würde, der diese Schneehaufen wegräumt. Man hat immer Ärger mit dem Personal, sagte Mamachen, immer Ärger. Je mehr man sie hegt und pflegt, um so mehr lassen sie alles schleifen.

Wenn der Wein heute nicht geht, wäre ich ausnahmsweise auch für andere Angebote offen, flüsterte der Mann, sie diskret beiseite nehmend. Andere Angebote, andere Angebote, knatterte es in ihrem Kopf, aber so, wie ihr der Name des Weins nicht auf die Zunge kam, fiel ihr auch kein anderes Angebot ein. Und dann fiel es ihr doch ein. Das Badewasser ist kalt geworden, man müsste hinaus. Jeder irrt sich manchmal. In der Weinbranche hatte sie tiefgehende Erfahrungen, auf anderen Gebieten nicht. Schließlich warfen sie sie nackt hinaus in den Schnee, zwischen die Schneehaufen. Sie hatte sich zweifellos als für die Aufgabe ungeeignet erwiesen. Sie hätte nicht so schlimm versagt, wäre es um das Identifizieren von Düften gegangen. Angenehme, zurückhaltende Zitrusnote, After Shave, Virginia Tabak, lauwarmer Speichel, eiternde offene Wunden und Abszesse, Urin und Fäkalien, im Frühling, abhängig von der Windrichtung, Kamille (Matricaria chamomilla), Wegmalve (Malva neglecta), Blutwurz (Potentilla erecta), das Karottenlüftchen, das aus den Suppenkesseln aufstieg und die Nase nur für einen Augenblick streifte, der frische Fichtengeruch der Bretter in den neu errichteten Baracken, die überwältigend bunten Geruchsmuster der Welt.

Und dann, im Schnee liegend, fiel ihr eine von jedem Standpunkt aus hervorragende Selektion ein. Ein tiefroter, eleganter, nicht ostensiv würziger 1929er Romanée-Conti La Tâche. Den hätte sie empfohlen. Eventuell einen 1926er Château Margaux. Oder vielleicht kühn einen Sekt, sagen wir, einen 1911er Perrier-Jouet, der hätte auch gepasst. Wie sagt man auf Polnisch Brustwarze? Sie wurden hart gefroren in der Kälte.

Die Zeit ist vorangeschritten, besser, man beeilt sich. Der Genosse Botschafter mag keine Verspätungen. Der Genosse Botschafter hat immer viel zu sagen. Doch ohne sie kommt er nicht weit, ohne sie ist der Genosse Botschafter ein einarmiger Riese. Almira, meine Liebe, sagen Sie dem Kind, dass wir spät nach Hause kommen, es soll anständig zu Abend essen und sich hinlegen, es soll nicht warten, bis wir gekommen sind. Dziękuję bardzo, proszę bardzo. Jede Sprache ein neuer Mensch, sagte Mamachen immer. Almira, wo zum Teufel steckt sie? Jemand müsste den Reißverschluss hochziehen. Und bitte sagen Sie Antonio, er soll den Wagen vorfahren.

Der Name des Wagens: Chevrolet Impala. 1964er Jahrgang, cremefarben. Dziękuję bardzo, proszę bardzo. Obrigada. Danke.

Matrix
(Tauchwörterbuch)

Ein stickiges, auf vertraute Weise dunstiges Wetter, als hätten sie sich niemals aus der Nähe des Äquators wegbewegt. Die Fenster sperrangelweit offen, die Straße im Licht der Peitschenlampen. Die letzte Straßenbahn fährt klingelnd Richtung Donau davon, danach nur noch ab und zu das Schurren vorbeifahrender Autos und ein paar Hundebesitzer, die spät noch Gassi gehen. Im dunklen Krankenzimmer die winzigen, pulsierenden Lichter der medizinischen Geräte: die freundlich lockenden Lichter eines aus der Dunkelheit der Nacht auftauchenden Flugplatzes. Sie schließt die Augen und stellt sich vor, wie sie ihre Finger über die Blindkarte des schweißgetränkten Haars, der glänzenden braunen Haut, des sich vorwölbenden, trommelgleich gespannten riesigen Bauchs, des ungewohnt hervorstehenden Nabels und der geschwollenen Brüste gleiten lässt. Selbst mit geschlossenen Augen orientiert sie sich perfekt, sieht alles vor sich. Doch selbst wenn sie nichts sehen würde oder anstelle ihrer Fingerkuppen Granatäpfel wüchsen, der Geruch, dieser mit nichts verwechselbare, starke, süßliche Geruch würde sie noch aus meilenweiter Entfernung herführen. Sie beugt sich ein wenig näher heran, um ihn zu spüren. Da ist er. Besonders in der Halsbeuge, dort ist er am stärksten. Sie hat ihr das Tanzen beigebracht, duldete keine Widerrede, brachte es ihr, mit ihren zwei linken Füßen, bei, übernahm die Position des Mannes, zog sie plötzlich an sich heran, und da geschah es. Da spürte sie zum erstenmal diesen uralten Geruch tierischer Herkunft, der dazu dient, bei der Paarung das Männchen anzulocken. Oder eben den, der gerade in der Nähe ist. Die Wehen haben nun sichtlich nachgelassen, beiden etwas Zeit zur Erholung gebend. Sie steht schon seit etwa drei Stunden an ihrem Bett, ihr Kreuz ist schon ziemlich strapaziert. Erschöpft lässt sie sich in den Sessel in der Zimmerecke fallen.

Respiration: Atmung; Austausch von Gasen zwischen einem Organismus und seiner Umgebung; der Akt des Atmens.

Wissen Sie, was die Knotentheorie ist? Imres weicher, fleischiger, vom Vollbart umgebener Mund vor einem Jahr und zwei Monaten.

Da langweilte sie sich schon fürchterlich, die ganze Gesellschaft langweilte sie, sie bedauerte, dass sie sich hat hinschleppen lassen. Aber Ottó hatte darauf bestanden, manche von ihnen seien ganz brauchbar, man könne doch nicht immer nur arbeiten und Squash spielen, warum sollte man das nicht können, sie konnte es sich nicht vorstellen. Dank der gnadenlos gleichförmigen Wetterlage breitete sich die Zeit wie eine gallertartige Masse aus, die mechanische Aufteilung des Tages nach Aufgaben kam ihr also nur entgegen. Wenn sie darüber nachdachte (was sie aber lieber vermied), war dies im Moment ihre einzige Zuflucht: die Nachrichten und den Klatsch von zu Hause wiederkäuen, die Nerven angenehm kitzeln. Welcher Kretin was gesagt hat im Parlament, der Wechselkurs des Forint fällt, der Sohn des Nachbarn ist zum Nazi geworden. Davon wollte sie sich so weit wie möglich fernhalten. Und von etwas, das nur die Mischung aus Alkohol und klebriger Hitze, wenn auch nur vorübergehend, wirkungslos machte: der panischen Angst. Nach drei Jahren durfte sie wieder gehen, wohin sie wollte. Und natürlich war es wieder ihr Fehler gewesen. Sie war nie lange genug zu Hause, ständig war sie unterwegs. Immer nur die Arbeit, die Fotos, dann geh halt, sagte man zu ihr. Ihre Mutter hatte sich auch ständig darüber beklagt, als nur noch sie ihr geblieben war, als sie noch lebte. Sie konnte nicht genug mit ihr prahlen im Heim. Der Gréti und den anderen fürchterlichen alten Schabracken gegenüber. Obwohl, angeben möchte sie in Wirklichkeit lieber mit ihrem kleinen toten Liebling. Mit einem toten kleinen Bruder kann man schwer konkurrieren. Mit einem um elf Jahre jüngeren Halbbruder, einem Jungen. Sie versuchte es gar nicht, wozu die Mühe. Das heißt, sie hatte es versucht, nur vergebens. Lieber ging sie fort, immer so weit wie möglich. Vom anderen Ende des mit Orchideen und Palmen reich geschmückten Gartens der Botschaftsresidenz kam unter bunten Lampions Ottó auf sie zu, in der einen Hand trug er zwei Gläser Champagner, mit der anderen hielt er den Arm eines ihn um zwei Köpfe überragenden, mittelalten Typen mit rotblondem Haar und Vollbart. Er drückte ihr eines der Gläser in die Hand: Da, vergnüg dich mal! Und dann, wie ein Achill seinen überdimensionierten Schild, schob er den Bärtigen vor sich. – Das ist Imre Lénárd, Mathematiker. Und das ist Anna Dénes, Fotografin. – Und damit ließ er sie stehen und lief schwitzend-schnaufend einer Frau in einem roten Kleid mit Spaghettiträgern hinterher. Neunundzwanzig Grad, Luftfeuchtigkeit siebenundneunzig Prozent, zwei Grad nördlich vom Äquator.

Cardiopulmonary resuscitation (CPR): Wiederbelebungsmaßnahmen.

Erst schwebt er nur in Ufernähe, hier kann man noch Makros machen, weiter unten ist nur noch Sand und Dunkelheit. Später, als er immer tiefer sinkt, bricht der ungeheure Raum über ihn herein, wie beim allerersten Tauchgang, und auch seitdem jedes Mal in den ersten paar Minuten. Darüber spricht er nicht mit anderen. Er muss sich jedes Mal aufs Neue an die Unendlichkeit des Raumes gewöhnen, daran, dass man die Bewegung häufig an nichts messen kann, dass man sich fortbewegen muss, während man drei Dimensionen über 360 Grad scannt. Oben schaut man meist nach vorne, ein bisschen peripheres Sehen ist das Maximum. Darin allerdings, fällt ihm ein, sind Frauen besser. Na, lass uns lieber fokussieren. Sichtweite etwa 10 Meter. Er betrachtet den Meeresboden, während er sich parallel zum Ufer fortbewegt. Er sucht nach Muscheln, Krebsen, Pflanzen und knipst. Was werden sie jetzt gerade machen. Wie tief wird er abtauchen müssen, damit das nicht mehr zählt. Eine schöne Blaukoralle, lass uns ein Foto machen. Blumentier, schöner Name. Wenigstens ist es still. *Full fathom five thy father lies*, vielleicht kommt ja wirklich der Alte entgegengeschwommen. Hi, Alter, ein netter Schachzug war das, wenn auch ein wenig zu früh, aus seinen Knochen wachsen Korallen, aus seinen Augen strömen Perlen.

Exertion: vermehrte Kraftausübung. Eine größere Kraftausübung, als es beim Schwimmen in ruhigem Wasser braucht. Die Gründe für die vermehrte Kraftausübung beim Tauchen sind: Strömung oder zusätzliche Ausrüstung (zum Beispiel fürs Fotografieren oder fürs Höhlentauchen).

Bei der Ankunft, als sie aus dem Flugzeug stieg, war es, als hätte man ihr einen warmen, nassen Abwaschlappen aufs Gesicht gelegt.

Diese Empfindung hielt an, bis sie mit jemandem auf ein

langes Wochenende zu einer nahen Insel mit etwas angenehmerem Klima fuhr. Vielleicht war es wegen einer wohltuenden Meeresströmung oder aus einem anderen, ihr unbekannten Grund, aber dort war ihr, als bekäme sie seit Monaten wieder richtig Luft. Wobei die Atemnot sie häufig auch in Pest überkam, ein plötzlich sich einstellendes stechendes Engegefühl in der Brust, so dass sie unter den schattigen Bäumen der Lendvai- oder der Bajza-Straße stehen bleiben musste, sich an den Zaun des Erdbeergartens lehnen, sie bemühte sich, tief durchzuatmen, aber bis zur György-Dózsa-Straße hinauszuspazieren, zur Haltestelle des Trolleybusses, schien physisch unmöglich zu sein. Dafür wirst du mir noch bezahlen, dachte Anna und sah Ottós sich entfernendem, schwitzendem Rücken hinterher. Ottó war klein gewachsen, bekam schon einen Bauch, obwohl er noch jung war, er trug ein türkisfarbenes Seidenhemd über der Hose, ein Drüberhemd, fiel ihr das häusliche, tropische Wort ihres Vaters dazu ein und dass Ottó in diesem Hemd aussah wie in dem Märchen über den vertauschten Prinzen derjenige, der ganz und gar nicht der Prinz ist. Der etwa vierzigjährige Mann, den er vor sie hinschleifte, trug einen kurz geschorenen rötlichen Bart, der ein markantes Gesicht einrahmte und betonte, eine lange, dünne Nase hob sich daraus hervor wie auf einer Reliefkarte der höchste Punkt über dem Meeresspiegel. Er hatte blaue Augen, sein ununterbrochen forschender, durchdringender Blick passte zu seiner schnellen, fast schon schnarrenden Rede, die zwischen Lippen hervorbrach, die, verglichen mit dem Rest des Gesichts, überraschend fleischig waren.

Ja, irgendwas schwant mir.

Sind Sie auch Programmiererin am Hafen?

Nein, ich bin Fotografin. Und Sie sind also Mathematiker.

Der Mann nickte.

Verzeihung. Ich bin unaufmerksam. Ottó hat es ja erwähnt. Ich mache neuerdings hauptsächlich Unterwasserfotos, vor allen Dingen Makros von der Pflanzenwelt, aber Fische auch manchmal. Was sind Ihre Motive?

Sie hätte nicht gedacht, dass sie sich mit einem fremden Mathematiker über fachliche Dinge unterhalten würde.

Je nachdem, was ich für Aufträge bekomme. Aber was haben Sie über die Knoten gesagt?

Sie hielt sich am Thema fest, in der Hoffnung, das würde ihr helfen, jenen Teil des Abends hinter sich zu bringen, wenn es noch unhöflich ist, zu gehen.

Ich bin so eine Art Knotentheoretiker. Ich beschäftige mich mit den Eigenschaften von Knoten.

Und warum ist das gut für uns?

Die Augenwinkel des Bärtigen waren plötzlich von dichten Falten umgeben. Sein Gesicht wurde weich, liebevoll, beinahe hingebungsvoll. Wahrscheinlich fliegen die Frauen auf ihn. Er lachte.

Buoyancy control: Kontrolle der Schwebefähigkeit. Probleme in der Schwebefähigkeit können unter anderem sein: eine Strömung, die den Tauchenden nach oben beziehungsweise nach unten bewegt, zu viel bzw. zu wenig Gewichte, eine übermäßig aufgeblasene Tauchweste sowie ein Mangel an entsprechender Schwebetechnik.

Am ehesten nützt es den Seeleuten und den Kindergartenkindern, die das Binden von Schnürsenkeln üben.

Und im Ernst?

Am Ende fängt sie noch wirklich an, sich dafür zu interessieren.

Na ja, man benutzt es zum Beispiel in der Biologie und der Physik. Man kann es gut zum Modelle-Erstellen benutzen. Haben Sie schon mal von Lord Kelvin gehört?

Ich habe gerade gefehlt, als wir ihn durchgenommen haben, helfen Sie mir weiter.

Gerne, aber ich warne Sie, Sie werden Schwierigkeiten haben, mich zu bremsen. Also, Lord Kelvin hat herausgefunden, dass das Universum vom Äther, einem speziellen Stoff, ausgefüllt wird, dessen Verknotungen die Atome sind; das war sein Atommodell. Daraufhin hat auch ein anderer Kollege angefangen, diese Knoten zu untersuchen, er hat versucht, sie zu unterscheiden und aufzuzählen. Danach bin ich gekommen. Na gut, dazwischen war auch noch der Bohr da, der das Ganze ganz übel auseinandergenommen hat, aber die Knotenproblematik blieb dennoch weiter bestehen, was ein Glück ist, sonst würden wir jetzt nicht hier in diesem fernöstlichen Garten stehen und uns unterhalten. Und das wäre doch schade.

Macht er sie gerade an? Dabei hatte sie ihn schon richtig lieb gewonnen.

Absolute zero: Absolut null. Die niedrigste mögliche Temperatur auf der Kelvin- oder Rankin-Skala gemessen. Jene Temperatur, bei der die kinetische Energie der Moleküle null ist und sie sich nicht mehr bewegen.

Wenn Sie uns in Physik unterrichtet hätten, würde ich heute vielleicht nicht so dumm dastehen. Sagen Sie, wie kann man zwei Knoten voneinander unterscheiden?

Für einen Moment sah Imre die sehnige, schwarzhaarige Frau misstrauisch an, ob sie ihn nicht nur aufzog. Ob sie wohl mal Leichtathletin war? Sieht ganz gut aus.

Das Interessante ist nicht, ob sie verschieden sind, sondern ob sie gleich sind. Zwei Knoten, bitte schön, nennen wir dann gleich, wenn sich der eine ohne Schneiden und Kleben in den anderen umwandeln lässt. Aber ob zwei Knoten ineinander umwandelbar sind oder nicht, ob sie also gleich sind, kann man im allgemeinen schwer entscheiden. Aber man kann sich eine ganze Weile damit beschäftigen.

Imito, du hältst doch nicht etwa schon wieder einen Vortrag? Du kannst ihn ruhig abwürgen, wenn er nämlich einmal angefangen hat, kann er nicht wieder aufhören. Ich bin Carmela, grüß dich, und er hier ist mein Mann.

Statt Vortrag sagte sie Vohtrach. Sie trug ein grasgrünes, stark dekolletiertes Seidenkleid, die Farbe changierte je nach Lichteinfall und dadurch schien es so, als würde sich das Braun ihrer nackten Arme ebenfalls um und um wandeln. Der Schnitt des Kleides folgte eng ihrem Körper oder der Körper folgte dem Kleid, das war nicht zu unterscheiden, sie schienen vollständig ineinander umwandelbar zu sein, ohne Schneiden und Kleben. Sie bitte um Entschuldigung, aber sie müsse ihren Mann für einen Moment entführen, Imito, amor, hörst du nicht, dass sie unser Lieblingslied spielen, ich bringe ihn nachher wieder, versprochen, sagte sie und legte im Weggehen die geschlossenen Zeige- und Mittelfinger erst ans Herz, dann an die Lippen und hob sie schließlich mit einer leichten Bewegung in die Luft, um das mündliche Versprechen mit einer spektakulären Geste zu bekräftigen. Noch bevor sie die Tanzfläche erreicht hatten, ging sie in ihren hochhackigen schwarzen Schuhen in Tanzschritten über den Rasen. Die Bewegung ihrer Hüften und ihres Pos ließ keinen Zweifel bezüglich der Muttersprache ihres Körpers. Die Kapelle, die zu einem überwiegenden Teil aus Philippinos bestand, spielte eine kubanische Rumba.

Swell: Dünung. Wellen, die durch einen fernen oder einen bereits abgeflauten Wind entstanden sind.

Eine Welle zeigt im sonst noch ruhigen Meer das Herannahen eines Windes an, dieser selbst ist noch nirgends zu spüren, doch auf einmal, scheinbar aus dem Nichts, ist da eine Welle, ein Vorwind in Wellenform, oder die Nachwirkung eines bereits vorbeigezogenen Windes, wir hätten ihn schon beinahe vergessen, es ist alles wieder schön glatt geworden, und dann entsteht da plötzlich diese Ausstülpung, als würde sie zu nichts gehören, als hätte sie der Neigungswinkel der Erde oder der Stand der Sterne auftoupiert, als hätte die Abweichung zwischen dem Norden der Kompassnadel und dem tatsächlichen Norden sie in das Tintenschwarz der Nacht hineingezaust.

Deviation: Abweichung. Der Winkel zwischen dem vom Kompass angezeigten Norden und dem tatsächlichen Norden.

Passen Sie auf, sagte Imre, noch ein wenig schwer atmend. Auf seinem Bart glitzerten Schweißtropfen, die dunkelblonden Haare klebten an seiner Stirn. Stellen Sie sich einen Spagat vor und binden Sie eine einfache Schlinge hinein.

Der spinnt doch. Sie stellte es sich vor.

Durch die Schlinge führen Sie nun das eine Ende, so erhalten Sie einen Knoten, richtig? Das kann man leicht wieder entknoten, man muss die Schritte nur rückwärts wieder ausführen, richtig? Egal, was für einen Knoten Sie knüpfen, wenn Sie die Schritte in umgekehrter Reihenfolge wieder ausführen, können Sie jeden davon wieder entknoten, richtig? Die Knotentheorie aber beschäftigt sich mit Knoten, deren Enden man nach dem Entknoten zusammengeklebt hat!

Er schleuderte das Ende so triumphierend hervor, so stolz und so verschmitzt, wie ein Kindergartenkind, das gerade ein Tor geschossen hat.

Wissen Sie was, duzen wir uns lieber, sagte sie zu ihm.

Bis sie Brüderschaft getrunken hatten, baten die Philippinos um zehn Minuten Pause, so dass auch Carmela die Tanzfläche verlassen und sich ihnen anschließen musste. Sie brachte ein Häppchen mit, das sie von einem der Tabletts heruntergenommen hatte, und steckte es Anna zu deren Verwunderung geradewegs in den Mund.

Das musst du kosten, es schmeckt so gut!

Vielleicht war es Ziegenkäse mit Olivenpaste auf einer kleinen Röstbrotscheibe. Aber es kann auch etwas vollkommen anderes gewesen sein. Der ungewohnte Geschmack verbreitete sich unerwartet, explosionsartig in ihrem Mund, es war, als stünden ihre Geschmacksknospen plötzlich in Habtachtstellung, und es war unsicher, ob die Geschmackswelt des Häppchens so ungewohnt war oder wie sich der Geschmack des Essens mit dem Geschmack der fremden Haut und ihrem eigenen Speichel vermischte, der ihr in den Mund geschossen war.

Oder? Ist es nicht göttlich? Entschuldige, wie heißt du noch mal? Komm, sprich zu mir.

Unterhalte dich mit mir, verbesserte sie Imre. Er sagte es mehr vor sich hin, der Ordnung halber, sie hörte ihm nicht mehr zu. Sie fängt schon wieder damit an. Wie kann sie jemanden aus der Hand füttern, den sie gar nicht kennt?

Hectocotylus: Während der Paarung pumpt der männliche Riesenkrake durch einen speziell gebauten Fortpflanzungsarm Spermatophoren (Samenpakete) in eine Höhle im Mantel des Weibchens, um so die Eier zu befruchten.

Sie stand neben ihrem Bett, hielt ihr die Hand, oder massierte ihr, wenn sie gerade auf dem Gummiball saß, den Rücken. Die Wehen kamen bereits alle fünf Minuten, aber sie durfte das Zimmer nicht verlassen, durfte nicht auf dem Flur auf und ab gehen wie die anderen, sie war an ein Gerät angeschlossen, damit man die Herztöne des Kindes unter Beobachtung halten konnte, denn diese waren beunruhigend schwach. Sie hatte sich eine Geburt mit Hebamme gewünscht, ohne Epiduralbetäubung, die Hebamme war immer noch nirgends zu sehen. Vor Stunden war eine Schwester gekommen, um mitzuteilen, dass Vollmond sei, es werde viele Geburten geben, aber nur eine Hebamme sei im Dienst, die andere krank. Auch eine Privatklinik ist nur eine ungarische Klinik, und Hexen gibt es nicht. Sowohl sie als auch Imre haben versucht, sie dazu zu überreden, im Ausland zu gebären, sie hatte eine erstklassige Versicherung, sie arbeitete als Informatikerin beim Hafen, so wie Ottó auch. Der größte Containerhafen der Welt, das stand auf der Startseite ihrer Internetpräsenz. Sie hätte auch wegen ihres Mannes, des Professors dort entbinden können, obwohl ihr Mann, der Professor, schon seit zwei Monaten im Krankenstand war. Aber sie hatte darauf bestanden, nach Hause zu fahren, nach Pest. Es war genug, sie hatte genug. Kuba schwebte nicht nur räumlich, auch zeitlich schon in weiter Ferne, als wäre ihre eigene Kindheit jemand anderem widerfahren, auf einer fernen Insel, auf die sie nicht mehr zurückkehren konnte. Als es noch möglich gewesen wäre, mehr noch, als sie hätte zurückkehren müssen, entschied sie sich dagegen, sie beschloss, dass die Welt größer war als das Stück, das man ihr erlaubt hatte, davon zu sehen. Das Eingesperrtsein ertrug sie aber überall schlecht. Pest war das Zuhause, die Schulzeit, der Ort, an dem sie Imre kennengelernt und geheiratet hatte. Und auch Imres alte Mutter lebte hier, die sie kaum einmal sahen. Man hatte sie gerade noch so ins Flugzeug gelassen mit ihrem riesigen Bauch. Jedes Mal, wenn jemand hereinkam, fragte man sie, ob sie sicher sei, dass sie keine Betäubung wolle. Man kam, um sie zu bewundern, alle anderen auf der Station hatten Schmerzmittel verlangt. Eine Heldin, sagte man zu Carmela. Idioten, sagte Carmela, aber nur hinter ihrem Rücken. Meine Geburt soll mir keiner abgreifen. Sie war stolz, dass sie solche Wendungen kannte. Ein Glück, dass es eine Privatklinik ist, dachte sie, in der staatlichen hätte man ihr die Nadel schon längst ins Kreuz gerammt. Ein Invalide in der Familie reicht, sagte Carmela. Wenn Sie unbedingt helfen wollen, sagte sie mit strenger Miene, als wieder jemand hereinkam, bestellen Sie mir einen Mojito und Ende, aus, sagte sie, aber man hörte stattdessen: Ähndeauß. Die Schwester grinste. Sie sind der Chef, sagte sie und ging hinaus. Sie hielt ihr die Hand, massierte ihren Rücken, wischte ihr die Stirn, gab ihr zu trinken. Hand, Rücken, Stirn, Mund. Sie beobachteten die Herztöne. Vorwärts, hombre, sagte Carmela zum Monitor, so viele Damen lässt man nicht warten.

Decompression diving: Dekompressionstauchen. Beim Dekompressionstauchen werden während des Auftauchens eine oder mehrere Dekompressionsstopps eingelegt. Das Auslassen von Unterwasserstopps kann zur Dekompressionskrankheit führen.

Schon viel tiefer, am Horizont, wird das Wasser plötzlich dunkler. Nur der Schatten einer Wolke, denkt er. Aber nein, in dieser Tiefe ist das nicht mehr sichtbar; etwas kommt näher. Als die schwarze Masse näher kommt, sieht er, dass es nur ein größerer Schwarm aus 10-15 Zentimeter großen Fischen ist. Er bereitet schon die Kamera vor, da verlässt ihn plötzlich der Enthusiasmus. In der Mitte des Fischschwarms zeichnet sich ein schwerfälliger, dunkler Körper ab. Und er sieht, dass das Tier die Flossen ausbreitet wie Flügel, und fliegt. Eine Spannbreite von etwa 3,5 Metern und in der Länge, sieht man vom langen Schwanz ab, kaum weniger. Und was hat der Rochen gesehen? Der Rochen sah nur eine große Wolke aus Luftbläschen, die nach oben stieg. Und die kleinen Fische begleiteten den Rochen, wohin dieser auch schwamm.

Rapid ascent: schneller Aufstieg. Die zur Zeit anerkannte, empfohlene Geschwindigkeit beim Auftauchen beträgt nicht mehr als 18 Meter pro Minute. Von einem schnellen Aufstieg sprechen wir, wenn der Taucher schneller als empfohlen auftaucht. Ein schneller Aufstieg wird am häufigsten durch eine zu stark aufgeblasene, unkontrollierbare Weste, schlechte Ausbalancierung, zu wenig Gewichte oder durch Panik ausgelöst.

Sieht du denn nicht, Carmela schrie den Mann an, noch dazu vor ihren Augen, im halben Jahr, seitdem sie sich kannten, war das noch nicht vorgekommen, siehst du denn nicht, was du da machst, du vergraulst jeden, du erträgst nicht, dass ich Freunde habe, dieses ständige Auskundschaften, diese ständigen Verdächtigungen – man sagt nicht umsonst, dass in Stresssituation die Kenntnisse in der Fremdsprache besser oder schlechter werden –, sie hatte sie noch nie so flüssig auf Ungarisch fluchen gehört, manchmal rutschte noch ein puta madre mit hinein, ein carajo und Ähnliches, aber alles in allem war es eine saubere Artikulationsreihe, der sprachlich korrekte Ausdruck schäumender Wut. Sie hatte, natürlich fälschlicherweise, gedacht, zu so etwas wäre diese aus lauter guter Laune gemachte, filigrane Frau gar nicht in der Lage, aber warum sollte sich ihre Leidenschaft fürs Leben nicht ausgerechnet im Zorn zeigen, die Adern traten an ihrem Hals hervor, dicke, blaue Adern an einem dünnen, braunen Hals, es sah schrecklich aus, wenn sie nur aufhören würde, ich gehe lieber, murmelte sie, du gehst nirgendwohin, brüllte Carmela und packte sie am Arm, du bleibst hier, soll er doch gehen, und sie wandte sich wieder an den Mann, ich habe keinen einzigen echten Freund, ich lebe hier, als hätte man mich ins Weltall geschossen, das war ein wenig komisch, wie sie versuchte, sich Carmela vorzustellen, wie sie in ihrer kleinen Kapsel saß, hinausgeschossen ins All, das war ihr Verhängnis, dass sie immer alles sofort vor sich sah, was kein Nachteil für einen Fotografen ist, aber manchmal war es ausgesprochen peinlich, sie hätte sie gerne umarmt, sie beruhigt, aber sie traute sich nicht einmal, sich zu rühren, auch Imre war anzusehen, dass er gleich jemanden schlägt oder einen Blinddarmdurchbruch erleidet, wie bin ich in diese Seifenoper geraten, dachte sie, dabei wusste sie genau, wie sie hineingeraten war, denn jener Geruch, dort, in der Wölbung des Halses, der wies ihr den Weg, auch wenn sie gerade keine Kenntnis davon nehmen wollte und sie keine Ahnung hatte, ob Carmela überhaupt wusste, dass jener Geruch, oder eher Duft, dass dieser Duft da war, oder ob sie nur so in die Welt hineinlebte wie eine kleine unschuldige Blume, vielleicht weiß sie es sogar sehr gut, und dann hat Imre Recht, der immer noch dastand, mit rot angelaufenem Gesicht, wie ein verfehlter, weißer Othello, seine weiße Haut, die so leicht in der Sonne verbrannte, war dicht mit Sommersprossen übersät, jetzt bin ich also nicht mehr nur eine dreckige Hure, sondern auch noch lesbisch, brüllte sie und schleuderte das erste Ding zu Boden, das ihr in die Hand fiel, die drahtlose Maus ihres Laptops, die in der entferntesten Ecke des Zimmers landete, zersprungen in tausend Stücke, woraufhin der bis dahin friedlich in seinem Käfig schlummernde Kakadu, Frici mit Namen, plötzlich aufwachte und ohrenbetäubend zu kreischen anfing, damit waren es schon zwei gegen einen, und sie stand nur dabei wie ein ratloser Linienrichter und wusste nicht, wem sie Recht geben sollte, aber irgendwie fühlte sie sich schuldig. Ich bin dann weg, auf Borneo, sagte Imre, fickt euch doch selbst. Aber ob er das nun konkret gemeint hatte oder metaphorisch, das war nicht zu entscheiden.

Atmospheric pressure: atmosphärischer Druck; Luftdruck. Der Druck, der vom Gewicht der Erde verursacht wird. Der atmosphärische Druck beträgt 6,67 Kilogramm pro 1,03 Quadratzentimeter oder auf Meeresniveau eine Atmosphäre.

Immer noch keine Spur von der Hebamme, stattdessen kommt die Nachtschwester und dirigiert den Atemrhythmus, so, wie man es noch draußen, im Kurs unterrichtet hatte, sie hatte sie auch dorthin begleitet, als Imre ins Krankenhaus eingeliefert worden war, auch das macht sie gut, wie alles andere auch, folgt perfekt den Anweisungen der Schwester, sie ist sogar in der Lage, das Pressen zurückzuhalten, wenn das der Befehl ist, sie versucht immer, in allem Perfektion zu erreichen, und wird wütend, wenn etwas nicht gleich beim ersten Mal gelingt, aber das kommt relativ selten vor, sie wiederholt es so lange, bis sich die Aufgabe wie ein unterwürfiger Hund in ihre Hand schmiegt. Man sieht schon das Schädeldach!, ruft Schwester Terike, die man, zusammen mit dem Kind, am liebsten mit nach Hause genommen hätte, wenn die Neugeborenen ihre lustigen Sprüche hören könnten, mochten sie denken, dass die Welt ein guter Ort ist und dass sie Massel hatten, denn, wie sie drinnen hören konnten, war die Schwester von der Tagesschicht dafür so spröde wie eine zu oft gewaschene Sicherheitsdecke. Sie strengt die Augen an, sie sieht kein Schädeldach, nur einen kleinen, krausen, schwarzen Knoten zwischen den gedehnten Schamlippen, sie würde gerne Fotos machen, aber das geht nicht, sie hält ihre Hand gedrückt, während sie presst, und sie kann es nicht glauben, aber auf die Witzeleien der Schwester hin fängt sie zu lächeln an, sie lächelt, als sie sie anblickt und dann holt sie wieder Luft, diszipliniert wie ein Soldat, und tatsächlich, der schwarze Knoten kommt weiter heraus, schiebt sich nach vorne durch das zottelig feuchte Dickicht, die Schambehaarung wurde wunschgemäß nicht abrasiert, eine Privatklinik, jeden Cent wert, wenn es einer bezahlen kann.

Decompression sickness (DCS): Dekompressionskrankheit. Die Dekompressionskrankheit (Caisson-Krankheit) ist eine Anomalie, als deren Folge unter hohem Druck gelöster Stickstoff bei Druckabfall Blasen im Gewebe und dem Blut bildet.

Er hörte: Hören Sie mich? Offenbar ja, er machte eine bejahende Geste, ja, Bolgárkertész-Straße sieben, antwortete er auf irgendetwas, das sich wie eine Frage angehört hatte, aber nicht in der Sprache, in der er darauf antwortete, er sah die Pflanzen ihrer Mutter in einer Reihe im Fenster stehen, die Kräuterkisten auf dem kleinen Balkon, von heißer Sommersonne beschienen, unten spielten die Kinder auf der Grasfläche vor dem Haus Fußball, Pass, Imi!, hörte er, hörst du nicht, gib ab, aber er dribbelte nur weiter, er will selbst zum Tor, er macht das immer, die anderen hassen ihn dafür, immer will er nur das Solo, ein egoistisches Schwein, aber sie nehmen ihn doch immer in die Mannschaft, denn besser als er kann nur noch der Große Stinker spielen, man kann ihn nicht wirklich rauslassen, egal, wie sehr sie sich auch über ihn ärgern. Er versucht so, im Liegen, die Bewegung zu wiederholen, mit der er aufs Tor schoss, er sieht seine eigene Bewegung vor sich, aber ausführen kann er sie nicht, sein Fuß gehorcht ihm nicht. Und dann sieht er Blasen und eine große, schwarze Wolke.

Ascent from depth: Aufstieg aus der Tiefe. Das Risiko, an der Dekompressionskrankheit zu erkranken, steigt an, je länger der Tauchgang dauert bzw. je tiefer er geht, wenn man sich nicht an die Regeln des stufenweisen Aufstiegs hält, um den Druck der sich im Körper gelösten neutralen Gase stufenweise zu minimieren.

Mittlerweile ist auch die Hebamme eingetroffen, nun reden sie ihr zu zweit zu, zwei verschiedene Stile, pressen, liebe Mami, pressen, und: gib Gummi, meine Liebe, nur keine Scheu, tritt das Gas durch bis nach Záhony!, und dann ein Schrei und ein verschmiertes, leuchtendes Wesen platscht auf das Plastiklaken, der Schrei kommt nicht von ihm, vorerst schweigt es noch mit der Ruhe der Engel, bis es plötzlich gewahr wird, dass es allein ist und friert, und dann, ja, fängt auch das Kind zu brüllen an, und auch eine zur Eile gemahnende Frage tanzt in der Luft, wollen Sie sie durchschneiden?, wollen Sie sie durchschneiden?, Anna begreift, dass sie gemeint ist, sie lässt die Hand der erschöpft daliegenden Carmela los, nimmt die Schere und schneidet die glitschige Schnur durch, sie nimmt es nur unbewusst wahr, dass all das von jemandem fotografiert wird, es gibt also doch ein Bild, Terike knippst enthusiastisch, sie hatte eine Kamera parat, gut gemacht, wie ein Profi, sagt die Schwester und nimmt den zitternden kleinen lilafarbenen Körper auch schon mit, um ihn zu waschen, zu wiegen, Finger und Zehen zu zählen, und dann legt sie es eingewickelt auf Carmelas Brust, ein Mädchen, sagt Terike, und ihr Lächeln ist breit wie die Theiß, wenn sie über die Ufer tritt, ein Spitzenmädel, wie soll sie heißen? Róza Pilar Mária, sagt Carmela leise, aber verständlich, die letzten beiden Namen nach den Großmüttern, fügt sie erklärend hinzu, als wäre sie im Religionsunterricht, und dann fällt ihr Kopf zurück aufs Kissen und sie schläft ein, das eingewickelte Kind muss aus ihrer festen Umarmung befreit werden, nehmen Sie sie raus zum Papa, sagt Terike und legt ihr das kleine Bündel in die Arme, damit er sich auch freuen kann, und schiebt sie auch schon hinaus, in den Vorraum des Kreißsaals, wo Imre im Rollstuhl sitzt mit einer Papiermaske vor dem Mund, seine blauen Augen blitzen auf, als er das Kind sieht, und dann füllen sie sich mit Tränen, sie rollen hinab, in die Maske hinein, hier hast du Róza Pilar Mária, sagt sie und legt ihm das Baby in den Arm, und er schaut es an, als könnte er nicht glauben, was er hört, und noch weniger, was er sieht, danke, murmelt er hinter der Maske, für alles, da kommt Terike und schnappt sich wie ein fröhlicher Greifvogel das Kind aus Imres Arm, lassen wir nun das Baby sich auch ausruhen, gehen Sie jetzt lieber zu Ihrer Frau hinein. Er sieht, dass Anna ihre Sachen nimmt, gehst du, ja, sagt sie, aber morgen Nachmittag bringe ich deine Mutter her, wir treffen uns hier. Am Wochenende fahre ich schon.

Weit, fragt Imre, so weit wie möglich, aber ich komme wieder, mach dir keine Sorgen, so lange zähle die Windelpakete, Imre nickt, als würde er hinter der Maske lächeln, dann legt er die Hände auf die Räder des Rollstuhls und schiebt sich ins Krankenzimmer.

Draußen wird es schon Morgen, die Straßenbahnen fahren noch nicht. Sie geht zu Fuß los Richtung Südbahnhof.

Keep in touch

Was geschieht zwischen zwei Flügelschlägen eines Schmetterlings?

Was geschieht in jenem aufblitzenden Streifen, der zwei Filmbilder voneinander trennt?

Papa, was macht der Wind, wenn er nicht weht? Hörst du mich?

Stumme Filmbilder laufen in braunen Tönen, eine Unterwasserwelt. Wer sind die, woher kommen sie?

Tausende von Menschen tanzen, zappeln zu einer unhörbaren Musik, unsterblich.

Sie kommen auf die Kamera zu, das Volk flutet, windet sich, mancher hat sich als Frau verkleidet, mancher als Colaflasche, da kommen sie, die Baianas, die Frauen aus Bahia, und dann die Hula-Hoop-Tänzer, die Transen, die Clowns, eine ganze Horde Arlequinos, die ihren Colombinas hinterherweinen, Schwarze in gepuderten Perücken, Sambaschüler, verschwommen bekannte Gesichter,

ein Hund mit einem Mühlsteinkragen, Hut und Sonnenbrille,

es kommen die *Sujos*, die »Schmutzigen«, in ihren zusammengewürfelten Kostümen, das sind gar keine Kostüme, das sind einfach sie selbst, aufgeknöpfte Hemden, wogende nackte Bäuche, Brüste, sie kommen in kleinen, schlurfenden Schritten zu den verschwundenen Klängen der Trommeln, *samba, sambinha, ai meu Deus*, und es kommt Eduardo (für mich Dado), »Kommst du mit tanzen?«, er sagt meinen Namen in jener anderen Sprache, und ich, die ich in jener anderen Sprache eine andere bin, antworte ihm, aber nein, das war später, viel später.

Karneval auf einem anderen Planeten, einem untergegangenen Kontinent; wenn du ihn auf der Landkarte suchst, ist er an seinem Platz, aber wenn du ihn berührst, flutscht er unter deinen Fingern weg und verschwindet in den hüpfenden Zwischenräumen der Filmbilder: eine schnellbeinige Eidechse. Da kommen die Feiernden der Reihe nach, wenn ich nicht wüsste, wo wir sind,

(»auf dem Weg zur Schule trat ich stets auf denselben Stein«),

könnte ich es für einen Totentanz halten;

ich sehe sie und es sieht sie der Mann hinter der Kamera, ich weiß sogar seinen Namen.

Ich sehe sie jetzt, und er sieht sie damals – eine Brücke aus 8-mm-Film.

Da passiert etwas Merkwürdiges, als wäre es ein Fehler im Filmmaterial, oder der unerfahrene Kameramann hat einen Film zweimal benutzt, zwei Drehorte sind übereinanderkopiert, einer in der Stadt und einer auf dem Land, die Bilderreihen miteinander verschlungen,

wie eine Schlange

um eine Liane.

Ist das etwa ein Lehrfilm in einer

(wie ich vermute)

väterlichen Ausführung? Aber nein, es ist eher ein Spiel des Zufalls, sich der Laune des Mannes mit der Kamera stilvoll anpassend – seinen über sieben Berge berühmten Humor bewahrt man heute im Museum auf.

Ich sehe also eine Großstadt mit dichtem Verkehr, robuste Autos mit Haifischheck aus der Tiefe der fünfziger Jahre, Wolkenkratzer, wimmelndes Volk – Weiße, Braune, Schwarze, das Bild wird bunt, eine verblasste Kodachrome-Welt, Geschäfte, Reklamen,

Café do Brasil,

und auf einmal, ja, Irrtum ausgeschlossen, es gab nur eine,

die so einherschritt, eine Königin, und ich kenne sie, hinter, zwischen, unter, über den Stadtbildern sehe ich meine Mutter in einer Caprihose

– Jeans! –

die Hand neckisch in die Hüfte gestemmt, sie steht schaukelnd da,

wir sind auf einer Kaffeeplantage in einer Großstadt oder in einer Großstadt auf einer Kaffeeplantage, die Situation ist nicht ganz klar, nur an einem kann kein Zweifel bestehen,

es ist meine Mutter dort, wer sonst,

aus einem flachen geflochtenen Korb wirft sie lachend Kaffeebohnen in die Höhe, wahrscheinlich in Erwartung einer besseren Zukunft.

Wenn sie schon einen Ozean voll Wasser zwischen sich und die plumpe Vergangenheit gelegt hatte, hatte sie vielleicht auch Grund, zu hoffen; warum sollte sie auch nicht gedacht haben: es reicht, bis zu einem fernen Kontinent zu laufen, und die Vergangenheit wird,

husch, weggewischt.

Dass das nicht so ist, sieht man in dem Film nicht, die Erkenntnis wird sich erst viel später einstellen.

Beschränken wir uns also auf das Sichtbare, der Rest ist sowieso nur Schmetterlingsfett.

Zurück zu der beinahe schon verdächtig perfekten Präsentation des Erinnerungsbildes, zur bearbeiteten Zeit, die uns in den Schoss gefallen ist.

Die aus der Tiefe einer Schublade hervorgekommenen Filmrollen laufen wie ein verspäteter Abschiedsbrief vor meinen weit aufgerissenen Augen ab. Wer hätte gedacht, dass ich mir, nachdem ich Tausende von Standbildern aus Kisten, Alben und Dias auswendig gelernt habe, ein neues Unterrichtsfach werde aneignen müssen: die Metaphysik der Bewegung?

Wer hätte gedacht, dass ein aus Fragmenten,

Bruchstücken

zusammengesetztes und immer nur einen Ausschnitt zeigendes Bild nicht einmal annähernd so wirkungsvoll ist wie jener Moment, wenn sich meine kaum dreißigjährige Mutter, ausgestattet mit einem weißen Ridikül und einer roten Halskette,

plötzlich in Bewegung setzt,

jedes Standbild, das es bis dahin gegeben hat, wegwischend, überschreibend, so, dass diese Bewegungsreihe zur einzigen Garantin der Wahrheit wird. Sie zu sehen interpretiert alles um:

den Blick meines Vaters, das Kinn meiner Großmutter, die unterdrückten, zischenden Sätze, das Verschwiegene, die Dankbarkeit, die asthmatischen Anfälle, Auswurf im Teller, die verregneten Herbstnachmittage, die Großtotale einer Röntgenaufnahme, zurückgenommene Verwünschungen, das Bitten um Verzeihung, schneereiche Nächte, das Nachhausekommen.

Eine einzige Bewegungsreihe genügt, damit ich etwas verstehe, wozu Hunderte von Fotos nicht gereicht haben. Denn ich sehe zwar auf einem Foto (eines meiner Lieblingsaufnahmen), wie meine Mutter mit zwanzig und ein paar Jahren auf einer staubigen Straße in der Provinz auf die Kamera zukommt (zu wem?), sie kommen vom Markt mit meiner Großmutter, den schon vollen Korb in die Mitte nehmend, und ich sehe zwar, wie sie ihren Kopf hält, sehe, wie sie den Kopf und die Schultern nach hinten wirft, wie ein Starmannequin auf dem Laufsteg in Paris,

ich sehe es

und glaube zu verstehen,

aber in Wahrheit kann ich nicht wissen, was ich denn zu verstehen glaube, und ob es einen Wahrheitswert hat, denn die fehlenden Teile werden nur von meiner Phantasie aufgefüllt.

Die Bewegungsreihe hingegen ist gesättigtes, rundes Wissen; es hat Anfang, Mitte, Ende, es gibt eine Einführung und eine Entfaltung, es gibt eine Truppenparade und eine Peripetie, es gibt Schicksal und die Unerkennbarkeit desselben, und das schwere Erkennen dieser Tatsache,

es gibt alles darin, wie im Leben, es gibt sogar Töne und Gerüche, denn, wer Augen hat, sieht auch diese.

Bei einem Foto nehmen wir die Tatsache der verbrauchten Zeit, der Vergänglichkeit als gegeben an; bei einem Film trifft uns dasselbe ins Mark,

es schmerzt, pulsiert,

wie ein plötzlicher und früher Tod. Während das Foto eine getane Trauerarbeit ist, ist der Film ein nicht verarbeiteter, offener Mangel, eine immer wieder aufreißende Wunde.

Denn, wenn sie sich bewegt, dann lebt sie doch noch.

Autos fahren die Bäume hoch, Mensch, so was hat die Welt noch nicht gesehen!

Meine Mutter dagegen klettert eine Leiter hoch, immer höher, die Spitze der Kaffeepflanze ist das Ziel, aber dahinter,

Wahnsinn,

erreicht sie auch einen anderen Gipfel, das Dach eines Wolkenkratzers,

BROMBIL

verkündet mit riesigen Buchstaben die Reklame auf dem Dach, kauf auch du dir so eins, spricht sie auf dich ein, alles glänzt davon, sogar die Erinnerung, zu der wir werden, so in 30-40 Jahren.

Und dann, auf einmal, schau an, der Urheber!, der Kameramann selbst im Bild, (Und vor seinem Bauch hängt, ach Gott,

die Leica,

die ich in einem Augenblick der Wut zu meiner Schande verkauft habe, weil ich dachte, wenn er gegangen ist, soll die auch gehen, begraben wir sie mit ihm zusammen, wie das Pferd mit dem Krieger, und der Krieger ist bereits begraben,

während ich die hier noch um den Hals habe,

wie ein verräterisches Zeichen für ein Verbrechen, also los, werden wir sie schnell los, bevor diese ganze Sache noch mir angehängt wird, und schon war ich unterwegs in den Staatlichen Antiquitätenhandel, und es konnte mich nicht einmal stoppen, dass der Mann, der sie entgegennahm,

ein älterer Typ, offenbar ein Kenner,

kaum wahrnehmbar eine Augenbraue hob, als würde er sagen, wenn er es sagen dürfte, sind Sie sicher, Fräulein, dass Sie die wirklich verkaufen wollen?, wo es doch Leute gibt, die für so eine morden könnten und sicher auch würden, wenn sie so eine überhaupt finden würden,

aber dann überlegte er es sich anders und sagte nichts, er nahm sie wortlos und sehr glücklich an, und ich stieß ihm auch noch die farbigen Filterlinsen hin, nehmen Sie die auch noch, Väterchen, als Zugabe, nicht dass auch nur das Geringste an mir kleben bleibt, sie werden mir nichts nachweisen können, ich hatte keinen Vater, ich hatte keine Mutter, ich bin unschuldig wie ein nicht entwickelter Film),

er trägt das kurzärmelige Hemd über der Hose, ein Drüberhemd, wie er sagen würde, Vater in den Tropen, mit dem Herzen in der Heimat,

er liebte knackige kalte Winter und Eisbein.

Auf einmal Riesenbäume, in der Mitte ein Weg, das Schulbeispiel der perspektivischen Darstellung,

das Ende des Wegs verschwindet spitz zulaufend im hinteren Teil des Bildes, und vorne,

wie Frau Gulliver mit ihrem Kindlein im Land der Riesen,

winzig, aber entschlossen,

meine Mutter und ich, die wir zu Fuß Richtung Verkürzung,

Fluchtpunkt

oder Zukunft gehen, und wenn das stimmt, dann weiß ich, wo sich die Parallelen treffen, umsonst hatte Farkas Bolyai, der hervorragende Mathematiker, seinen kleinen Sohn János gewarnt, mein Junge, hüte dich vor der Frage der Parallelen wie vor falschen Weibspersonen, ihr hättet euch nicht so sehr zu hüten brauchen, lieber Bolyai,

das ist doch gar nicht so eine teuflische Angelegenheit: hier treffen sie sich,

gerade hier,

wo ich stehe.

Und dann Schnitt, jetzt ist die Kamera die Zukunft, dasselbe noch einmal als Gegenschuss, wir kommen Hand in Hand, ich als ungefähr zweijähriges Accessoire meine Mutter ergänzend, die diese Ergänzung aber kein bisschen nötig hat, ihre Schönheit ist so vollkommen wie ein glühender Sommernachmittag.

Doch sieh an, als hätte auch ich ein Accessoire, die Mädchen in den Tropen reifen früh, ich lasse etwas an einem Faden herunterbaumeln, das andere Ende fest in meiner Hand, von hier aus sieht man nicht, was es ist, nur, dass ich ohne dieses Ding nirgends hingehe, es handelt sich um eine offensichtlich wichtige und wortwörtlich unerlässliche Sache, und wie wir näher kommen, sehe ich es, das Kind, das seiner Zeit voraus ist,

ich habe ein Handy,

Freunde,

neunzehnfünfzigundeinpaar!,

in meiner Hand ist ein Plastiktelefon, der Hörer baumelt an der Schnur herunter.

Hier folgt ein Zwischenspiel, scheinbar unwichtig, aber ich weiß, was ich weiß: Frau Gulliver hockt sich hin und versucht, mich mit einem vernichtenden, charmanten Lächeln dazu zu bewegen, dass ich mit ihr rede, quasi durchs Telefon. Das Unterteil in ihrer Hand, den Hörer hält sie mir ans Ohr, aber nein, ich will nicht, schau mich ratlos um, nach links und nach rechts,

jetzt, da man mir den sicheren Punkt aus der Hand genommen hat, bin ich verunsichert

und außerdem,

worüber sollten wir denn reden, wir reden doch nie, und den Smalltalk beherrsche ich nun ganz und gar nicht, wie sehr beneide ich die Salonlöwen, die Helden der Konversation, die über alles Stunden reden können, egal mit wem, ein Bild von sich projizierend, das besagt,

dass sie sich prima amüsieren, die großen Spieler der Tee- und Cocktailpartys, der Empfänge und Feten,

schaut, wie ich mich unterhalten kann!, schaut, wie partytauglich ich bin!,

während ich nur bedeppert dastehe und die an mir Vorbeischwimmenden anstarre wie seltene Fische im Aquarium;

mit einem Wort, worüber sollten wir also nun reden, teure Frau Gulliver, darüber etwa, warum wir nie werden reden können?, darüber, dass, bis ich es gelernt haben werde, du es verlernt haben wirst (oder willst du nur nicht)?, dass du zwar sieben Sprachen sprichst, aber mit mir in keiner einzigen reden kannst?, dass ich gleich zwei Muttersprachen haben werde, die eine von dir, die andere von der

Babá (sprich: *Bahbah*),

meiner nachtschwarzen Nanny, aber die Sprache der

Mutter

wird dennoch fehlen?, dass wir zwar Worte austauschen werden, aber über das Wesentliche niemals reden werden?,

dass du nicht darüber sprichst, was du durchlebt hast, wohin man dich gebracht hat und wie (ich werde es von jemand anderem wortarm erfahren)?, dass »weißt du, man muss die Nerven deiner Mutter schonen«?,

nein, verdammt, ich weiß es nicht, ich weiß gar nichts, du schweigst und erwartest im Gegenzug, dass ich rede, was gab's Neues in der Schule?, nichts, natürlich nichts; es gibt nur Geben-und-Nehmen, Fräulein, so ist das im wahren Leben, und so wäre es zwischen uns beiden gewesen, wenn es gewesen wäre;

mit einem Wort,

worüber sollen wir jetzt also am Telefon reden?

Ich schaue lieber verstört zur Seite und klatsche in die

Händchen, und wenn du mich jetzt anrufen würdest, würde ich genauso verstört zur Seite schauen und bis ich endlich hervorgebracht hätte, was ich fragen wollte, wäre die Münze gefallen und die Leitung würde unterbrochen.

Frau Gulliver gibt mir den Apparat mit einem betretenen Lächeln zurück, möge ich damit machen, was ich wolle.

Ich gehe weiter den Weg entlang, nunmehr allein – zuckriges kleines Symbol, wie es im Buche steht –, ich watschele mit unsicheren, schwankenden Schritten, man sieht mir an, dass das Laufen noch eine große Herausforderung für mich ist, und die einzige Stütze dabei ist das Telefon,

keep in touch.

Und dann, plötzlich, erscheint die andere Stütze, die lebendige, Frau Gulliver steht nun hinter der Kamera, und vor der Kamera Gulliver selbst; auch er mit seinen hundertzwanzig Kilo hockt sich hin, zusammen erforschen wir etwas sehr Interessantes auf der Erde, bis er mich, hopp, hochhebt und mit mir losmarschiert, und auf seinen Armen winke ich nun mutig und grinsend zurück zu der charmantesten provisorischen Kamerafrau der Welt:

wenn nicht geredet werden muss, mache ich alles andere.

Gulliver und Frau Gulliver: ein türkischer Pascha um die fünfzig mit seiner jungen Haremsdame. Wie wir so weitergehen, ist auf einmal zu sehen, dass mein Vater mit der freien Hand (in der anderen war ja, wie wir gesehen haben, ich) das Ridikül meiner Mutter schwingt

– Schon wieder ein Symbol! Ist es nicht langsam zu viel? –

Rollentausch also, mein Vater in der Rolle der Mutter, und meine Mutter außerhalb des Bildes, mit der Kamera, in der Rolle des Vaters; beide verkörpern die Figur lebensnah: wie im wahren Leben.

Mein Vater hebt mich hoch wie eine Trophäe, er hat diesen Preis mehr als verdient, er hat ihn als Belohnung dafür bekommen, dass er den Krieg ausgetrickst und überlebt hat, was es zu überleben galt.

Hier folgt ein neuerliches Rollenspiel: Mein Vater überlässt mir das Ridikül, so dass ich nun mit zwei Accessoires ausgestattet auf der steinigen Straße herumtapse; das Ridikül ist beinahe größer als ich, in diese Rolle muss ich noch hineinwachsen, aber eine Frau zu spielen nach meiner Mutter,

also,

das wird ein wenig schwierig, ein Entree nach der Garbo

sozusagen,

nicht von Pappe –

wer ist hier der Regisseur, damit ich ihn schnell und schmerzlos erwürgen kann.

Keine Zeit, um lange nachzusinnen, eine neue spannende Szene beginnt:

In einem Badehöschen mit Tigermuster trabe ich auf und ab, die beiden anderen Darsteller der Szene sind Maria José,

das Kindermädchen,

ihre ebenholzfarbene Haut schön betont

von der gestärkten, schneeweißen

Uniform, als spielerischer Gegenpol sitzt eine schmetterlingsförmige Sonnenbrille auf ihrer Nase, wie im Märchen;

die andere Anwesende ist die Garbo,

oder nehmen wir lieber Ava Gardner,

ihre Farben passen besser zusammen und auch die Namen klingen ähnlich: Éva, Ava.

Erst spielt Ava mit mir, sie fängt mich auf, wenn ich den Rasen verlasse, und setzt mich sanft wieder zurück, damit ich weiß, wo mein Platz ist, von nun an ist aber die Führungsrolle bei Maria José, bei Mariaundjosef, wir spazieren los, sie zeigt mir die Schritte,

eins-zwei,

wir markieren das Gehen, so ge-hen die Solda-ten,

eins-zwei,

im Hintergrund sitzt Ava auf dem Rasen,

lächelt und winkt, fein, mein Entchen, geh du nur, ich unterstütze dich aus der Ferne (aber ja),

dann Schnitt,

Ava kommt auf die Kamera zu, in dunklen Shorts und einem weißen, ärmellosen Oberteil nähert sie sich, schaut geradewegs in die Linse,

Koketterie, Ava ist dein Name!,

ihr Haar jungenhaft kurz geschnitten, so wie später nie mehr,

dann sitzt sie an einem Gartentisch, in denselben Shorts, richtet ihr Make-up,

so wie später immer,

man geht nicht mit verrutschter Schminke, am Ende sieht noch einer, wer drunter ist, nur ich sah es, viele Jahre später, als sie krank war, als sie all das gezwungenermaßen hinter sich gelassen hatte, den Sonnenschein, das Meer, die Farben, die kein bisschen traurigen Tropen, wieder in der grauen Altheimat,

sie bekam keine Luft,

sie haben sie ihr entzogen, jene, die statt Luft Gas für sie vorgesehen hatten, zwischen zwei Asthmaanfällen sah ich ihr ungeschminktes Gesicht und wünschte mir, ich hätte es nie gesehen, um diesen Preis will ich es nicht,

dann lieber Revlon, dann lieber Chanel.

Schnitt, Ava von Kopf bis Fuß in einem leichten Sommerkostüm, das Jäckchen nonchalant über die Schulter gelegt, im Chasséschritt wie auf einem Ball, zwischen Mammutbäumen; auf einmal, Hopp,

wirft sie ihr Ridikül in die Luft,

wie eine impulsive Artistin, und fängt es triumphierend auf, mit einer Hand, zur tobenden Freude des Publikums.

Wir springen mit dem Kopf voran in ein anderes Element, herausspritzendes Wasser, Schwimmbecken:

Gulliver, der ehemalige Wasserballer (und ehemaliger Vater) zeigt sein Können und das ist nicht gerade gering.

Das Wasser ist das unsicherste Element, macht sich von Goethe wichtig, aber sein Alter war bestimmt kein Wasserballer, höchstens Erlkönig, so ist es kein Wunder. Also widerspreche ich.

Wasser kann, zugegeben, vielfältig sein, aber wenn

a) Vater es einem nahebringt und

b) wir an einem Ozean groß werden,

kann es auch sicher, verlockend, mehr noch, lieblich sein.

Wasser, das kenne ich aus dem Effeff, es kann keinen Teil in dieser Fragestellung geben, mit dem mich ein noch so *überscheiß* Prüfungskomitee in Verlegenheit bringen könnte:

bei einer Meereswelle tauchen wir unter dem Kamm hindurch, wenn er sich schon richtig tief heruntergebeugt hat;

bei einem Wirbel lassen wir uns hinunterziehen, denn erst danach lässt er uns wieder hochkommen;

bei einem Wasserfall tief Luft holen und mit den Füßen voran springen, die Beine und Arme fest zusammen und an den Körper gepresst, und nach dem Eintauchen sofort anfangen zu schwimmen, gegen den Strom, wie die Lachse –

wie Sie sehen können, Widerstand lohnt sich nicht; lassen Sie ruhig, wie einen lange zurückgehaltenen Wind

ein Sehr gut fahren.

Gulliver also, mit seinen hundertzwanzig Kilo, geht auf das Sprungbrett hoch, wippt vorsichtig und sticht dann mustergültig, wie eine Möwe ins Wasser und zeigt die unter dem Namen crawl berühmt gewordene Schwimmart, ohne Ball, die maximale Punktzahl einfahrend.

Dann macht er eine Wende, wie die Großen, denn das Schwimmbecken in Esztergom war einstmals so kurz, dass die ganze Mannschaft am besten die Wenden beherrschte, einen Vorteil aus dem Nachteil machen, das war der Trick, den er später so weit kultiviert hatte, dass aus dem Munde meines Vaters Dicksein Schönsein war und ich mich zu einer enthusiastischen Dicken potenziert habe und mein Lieblingstier

der Elefant ist.

Um das Körperkultur-Thema weiterzuentwickeln, erscheint auf einmal Ava in einem Park,

oder vielleicht ist es ein Spielplatz,

erst zeigt sie auf dem Stufenbarren einige leichte Übungen, dann macht die kleine Wettkämpferin an den Ringen weiter – siehe die Schulfotos von der Vorturnerin!, das ist vielleicht eine sportliche Familie, murmele ich leicht befangen, als würde ich ein wenig aus der Art schlagen, dabei ist es eine Tatsache, dass ich das Fußballspielen mit links beherrsche, denn ein Strandkind spielt mit, wenn es gerufen wird, und dass es ein Mädchen ist, macht auch nichts, wen kümmert's, wenn die Mannschaft sonst nicht vollzählig wäre,

futebol necesse est.

Also, ein wenig Intimturnen, ein wenig intimes Mutterturnen – only for you, my friend, *aber nicht vor dem Kind.*

Dabei ist das Kind, wie später ersichtlich wird, in den komplexen Fragen der Intimität keineswegs unorientiert. Die Kamera erwischt es in Gesellschaft eines feschen, dunkelhäutigen Mannes, bien accompagnée, sie sind ungefähr gleich alt, etwa zwei Jahre, schätze ich.

Kind läuft die Kür in einer weißen Haube sowie in dem früher schon gesehenen unwiderstehlichen tigergemusterten Modell. Joãozinho, Chiquinho, Pedrinho

oder wie zum Teufel er hieß (wer erinnert sich schon an den Namen aller Aspiranten),

kann dann auch nicht wirklich widerstehen, unermüdlich jagt er die Frau seiner Träume, nimmt sie an der Hand und zerrt sie überall mit hin,

bringt ihr bei, wie man in die Hände klatscht,

bevor er plötzlich, schwach geworden von der aufgestauten Sehnsucht – »ich bin nicht mehr Herr meiner selbst!« –, einen Kuss auf Kinds dickliche Patschpfötchen haucht, liebes Tagebuch, schreibe ich an jenem Abend, ich hatte heute meinen ersten Handkuss, es war nicht unangenehm, es traf mich vielleicht nur ein wenig unerwartet und hat leider auch eine Publizität erhalten, die die Grenzen des guten Geschmacks streift, und ich werde in Zukunft dafür sorgen, dass das nicht wieder vorkommt

(Memo: Papa anzeigen).

Später werde ich immer nach dieser Qualität des Kompliments suchen, diesem glatten Mund, diesem Lachen, der glänzenden, öligen Haut, dem gierigen Lieben, dieser in mich eingeträufelten zweifelhaften Lust, dem Stich im Unterleib, den Tropen im Winter, dem Heizen im Sommer;

doch leider vergebens – nie wieder wird ein Mann dem nahekommen können. Offenbar muss man woanders suchen, seufzte tief das *Kind* – und seinen Worten folgen Taten.

Aber das findet schon außerhalb des Bildes statt.

Der Flügel eines Flugzeugs ist zu sehen, eine propere Propellermaschine, ihr Schnurren verliert sich in der himmlischen Zuckerwatte. Unten die Bucht von Guanabara, sollten wir noch nicht wissen, wo wir uns befinden, der Bogen der Copacabana ist klar zu sehen, obwohl ich anmerken muss: wer mit dem Flugzeug darüberfliegt, der

hat keine Ahnung, wo hier Jorge Amado gewohnt hat. Ich lüge nicht, ich betrüge nicht, da ist der Zuckerhut, die Schwebebahn arbeitet emsig (wie eine anständige Carioca, der Rioer nie), dort die Dois Irmãos, die beiden Geschwisterberge, und schließlich mein Liebling, der Dedo de Deus, Gottes Finger, ein ständig gen Himmel weisender riesiger Zeigefinger, das Volk am Ufer daran erinnernd, dass Meer, Sonnenschein und Bossa nova schön und gut sind,

aber das Wesentliche, meine Teuren, vergesst nie,

und sie, das muss man ihnen lassen, vergessen es auch nicht, und als Dank dafür werden sie vom Christus am Berge mit ausgebreiteten Armen beschützt.

Später sind wir wieder unten, am Ufer, die Zeit auf dem Film neigt sich ins Rot-Rosafarbene, wie ein heftig durchbluteter Kopfverband;

das Licht pulsiert, müht sich ab gegen die Chemie.

Die Muster der Straßenpflaster sprechen hier für sich (aber von dort oben ist auch dieser Stein nicht zu sehen), die kleinen schwarz-weißen Quadersteine verkünden den Namen der Straßen wie eine Braille-Schrift an die, die sie lesen können: Wellenmuster,

Avenida Atlântica,

die Uferpromenade an der Copacabana, und der Name unserer Straße;

atlantische Straße, wenn ich sie zu Ende gehe, komme ich wahrscheinlich nach Atlantis.

Es fliegen nur so die Volleybälle und die Schmatzer, die Wellen spielen wie enthusiastische kleine Hündchen um die Füße der Badenden.

Im ausgebrannten Filmnachmittag auf einmal Ava von rechts, wie eine Fremde, hält sich geschickt an die Regieanweisung und geht ohne ein Lächeln an der Kamera vorbei, ich laufe hier nur herum wie andere Rioer auch, aber mich kann dieses durchtriebene Pester Frauchen nicht täuschen, ich sehe genau, woher sie gekommen ist, nur sie möchte es endlich vergessen –

vielleicht war es ihr auch gelungen, für eine Zeit.

Oxalá,

wie man bei uns sagt. Geb's Gott.

Eine Schlange kriecht im Gras, langsam, hinterhältig, die Kamera verfolgt sie von nahem, wir sind im Garten von unbekannten Bekannten,

vielleicht ist das der Garten der Finzi-Continis,

oder vielleicht gehörte die Schlange zu einem anderen Segment, dennoch verbinden sie sich nun in der sich erneuerten Narration,

(ich habe die Filmrollen, wie es sich für einen vorsichtigen Altwarenhändler gehört, auf Video umkopieren lassen, so, wie sie hintereinander kamen, in einer vom Zufall bestimmten Reihenfolge, ohne zu betrügen, mit Leichtigkeit),

im Garten stehen riesige rote Blumen Spalier vor einem verlorenen Gut, einem Sommerhaus, wir sind auf jemandes Façenda, das ist gut zu sehen, und auch, dass es wirklich gute Freunde sind. Ava als Märchenheldin tätschelt eine der Spalier stehenden Blumen, die sich aus Dankbarkeit zu ihr herunterneigt und ihr etwas ins Ohr flüstert, darüber lächelt Ava, die später geschickt über eine kleine Rutsche rutscht

– anders als Gulliver, der johlend stecken bleibt –
und mit ihrer Freundin zu wippen anfängt,
selbstvergessene Sommerferien. All das, laut Film, unwissend und ahnungslos, denn die Schlange windet sich derweil langsam und bedrohlich, die hier unhörbare bedrohliche Musik kann aus dem Gedächtnis leicht abgerufen werden. Der Schatten der Schlange auf dem Gras,
presentiment,
würde Emily woanders und zu einer anderen Zeit sagen,
aber wie bei ihr ist der Schatten der Schlange auch hier eine Warnung: es wird bald die Dunkelheit kommen,
und die Dunkelheit wird bald kommen.
Tropen in den Tropen, Hand in Hand, der Tod ist so notwendig wie ein Kropf.

Das Material müht sich wieder ab, macht sich bereit, endgültig durchzubrechen, Fasern, Fäden laufen, die Abnutzung zeigt das Gewebe, hier ist der Verfall zur Schau gestellt, wer es nicht aushält, soll wegsehen;
wer es nicht aushält, braucht es nicht zu sehen: das hier ist die Filmprosektur.
Das Licht puckert und pulst, wie ein angeschossener Eber, aber sehen kann man nichts,
nichts,
dann ein Blitz, oder nein, doch nicht, es zieht sich zurück, stottert weiter, dabei liegt es ihm, ich spüre es, auf der Zunge, gleich kommt es zur Eingabe, es keucht und ächzt, dann röchelt es noch einmal, und dann, plötzlich, wie ein Urknall oder ein kosmischer Orgasmus, schießt das Bild hervor
in Gestalt einer riesigen Welle,
und knallt gegen einen Wellenbrecher.
Sie attackiert ihn immer und immer wieder, als könnte sie

nicht genug davon kriegen, sie hat auch schon den Gehweg überflutet, alles ist voller Pfützen, salziges Meerwasser.

Die Autos fahren weiter hin und her, all das ist hier normal.

Im Hintergrund wieder der Zuckerhut, wie ein abgenudeltes Zitat, nur hier ist es wortwörtlich zu verstehen: Das ist der Ort der Abstammung, der locus classicus – alles andere ist nur Nachahmung oder ein Traum.

Na gut, genug davon, lasst uns zum Wesentlichen kommen, also

zu mir:

schon ein bis zwei Jahre älter, also etwa vierjährig, gehe ich in einer kirschroten Hose an Mariajosefs Seite stolz einher, sie trägt die weiße Dienstuniform, wie es uns, bitte, zusteht,

klassischer Babaismus.

Während im Hintergrund,

wie ich bereits erwähnt habe, aber natürlich nur für die, die aufmerksam waren,

die Riesenwellen rollen, doch wir würdigen sie keines Blicks, der Bauer auf dem Hortobágy bewundert auch nicht jeden Tag die Neunbogenbrücke

(ich bin auch nie auf den Zuckerhut hoch, kein Einheimischer, der noch bei Verstand ist, macht das, wozu auch, es reicht doch, wenn er da ist, erst siebenundzwanzig Jahre später, als Touristin in meinem eigenen Geburtsdorf drängte ich mich zu meiner Schande zwischen Massen von Amis und Japanern, Matahari inkognito, hoffentlich sieht mich keiner, der mich kennt).

Eine kirschrote Hose also und ein schneeweißes Hemd, eine leichte Sommerkombination, denn wie schon der Pester Oscarwilde missbilligend über den gelben Stern auf dem grauen Sakko sagte, die Disharmonie der Farben ist der Tod der Eleganz,

ich allerdings kann stolz berichten, dass die Familienchronik von so etwas nicht beschmutzt worden ist, und erst jetzt, im neuesten Kapitel, zeigen sich von Zeit zu Zeit die schlampigen Blumen des Verfalls

(aber das ist nur eine vertrauliche Mitteilung).

Mariajosef lässt meine Hand los, denn wenn die Kamera ruft, muss man gehen, und ich nähere mich mit schon sicheren, stolzen Schritten meinem Zielpunkt, der Linse, eine problematische Linsenpuppe.

Ich komme, immer weiter komme ich, bis

mein Gesicht

das ganze Bild ausfüllt, was mag das Herz einer Vierjährigen bedrücken, was für eine verdächtige Vorahnung, was für ein starrer nächtlicher Traum mag sie dazu veranlassen, in die Komposition aus Kirschrot, Weiß und Meerblau

die Brauntöne der Beklemmung zu spritzen.

Ein Aufblitzen (aber als Standbild jederzeit hervorholbar) und schon gehe ich rasch weiter, in eine Zeit außerhalb des Bildes.

Mein Verdacht hatte sich später natürlich bestätigt; die alte Regel: glaube immer dem ersten Eindruck.

Der Rest ist nur Schmetterlingsfett.

Wir rennen in die Revolution

Hier, dort, im Irgendwo, bevor das Treibgut der Tage ihre schlanke kleine Seele zerquetschen konnte, beugten sich drei Frauen zueinander. Um sie herum leuchtete der stille Frieden des Herbsts, des Gartens, der ausgeblichenen gestreiften Liegestühle. Als wäre der Hauptteil ihres Lebens nicht schon von hungrigen Schweinen aufgefressen worden. Als wären sie nicht drei weißhaarige Greisinnen, sondern junge Dämonen mit Schmetterlingsmündern. Da kam es, dass folgende Worte aus Terikes Mund zu vernehmen waren: den Kindern tut es gut, wenn sie untereinander sein können, und den Frauen, wenn sie mehr Zeit für sich und das Bumsen haben.

Da machten die Frauen große Augen und eine Stille stellte sich ein, dass selbst die Knoten an den Füßen des Weinbergshirten erfroren.

Wie kommt das jetzt hierher, fragten die anderen, wo doch gerade vom *Rhoima* die Rede war, könntest du, fragten sie, und die Ungeduld puffte nur so zwischen ihnen, wie das Laubfeuer im Nachbarsgarten, könntest du vielleicht mal ausnahmsweise zuhören, was andere sagen, und dich nicht immer nur mit dir selbst beschäftigen?

Das heißt Rheuma, schoss Terike zurück, wenn ihr schon so überklug seid. Ein Glück, dass ihr nicht *Infollenza* sagt. Wenn ihr so redet, könnt ihr nur das Gesindel sein, und ich werde die Maria Theresia unter euch und ihr könnt um mich herumspringen, wie die Zirkusflöhe.

Da schau an, versetzte Margó, du gibst nicht mehr die Brunszvik? Prächtig, wenigstens wird es nicht so stinklangweilig. Aber ich spiele heute nicht mit. Ich warte auf einen Anruf von meinem Sohn.

Letzteres sprach sie etwas überheblich und bedauernd aus, wie ein unwiderlegbares Gegenargument. So wie sie in der Luft schwebte, überzog sich ihre Aussage mit einem kalten, metallischen Material.

Da machten die Frauen große Augen und beschlossen, dass sie dem Beispiel Margós folgen und mit der unvorstellbarsten Geschichte daherkommen werden, womit sie quasi eine Revolution anzetteln, hinterhältig die bestehende patriarchale Wahrheit unterminieren und die regierende maskuline Ordnung demontieren würden. Am liebsten aber würden sie die Ordnung des Lebens auf den Kopf stellen, um zu sehen, ob in der Ordnung noch ein bisschen Leben für sie übrig war.

Wusstet ihr, Mädels, Terike war auf Zack wie immer, wusstet ihr, fragte sie, während sie ihre von den plötzlich aufgetauchten Erinnerungen beschlagenen dicken Brillengläser reinigte, dass eine revolutionäre Situation sich immer dann einstellt, wenn die herrschenden Klassen nicht mehr können und die Unterdrückten nicht mehr wollen?

Was kommst du uns damit, fuhr Marcsi ihr über den Mund, deren Buchhalter-Gehirn stets die Genauigkeit und die Sicht auf das Wesentliche würdigte, es ist doch viel entscheidender, dass zum Erfolg der Rev. als subj. Faktor auch der Bewusstseinszustand und die Organisiertheit der unterdrückten Volksmassen beiträgt. Jetzt lasst mich euch nicht immer alles vorkauen, Mädels.

Da riss sich auch Margó zusammen und sagte: Wenn ich so sicher einen Fünfer im Lotto hätte, woraufhin die anderen sie ein wenig misstrauisch anschauten und sich fragten, woran sie wohl in *Wahrheit* gedacht hatte.

Also gut, sagte Marcsi, die im Haus als Oberleutnantmária bekannt war, dermaleinst war sie ein grobschlächtig gutes junges Mädchen aus der Gegend um die Bierfabrik, der Fleischer gab ihr ohne ein Wort Pansen unter der Ladentheke hervor, nur weil sie so einen *wilden* Blick hatte. Also gut, beruhigt euch ein bisschen, ich erzähl euch lieber was.

Es war einmal in Amerika eine sehr hässliche Frau, Rote Emma genannt. Sie war so hässlich, dass sie sich eines morgens sagte, die Zukunft gehört den Mutigen, und in den Spiegel sah. Spieglein, Spieglein an der Wand, fragte Emma, gibt es eine Hässlichere in diesem Land? Nicht dass ich wüsste, sagte der Spiegel, woraufhin Emma eine derartige Wut packte, dass sie bis zum nächsten Tag zur gefährlichsten Frau in ganz Amerika wurde. Die Hässlichkeit, rezitierte Emma fiebrig der vor ihr wogenden Menge, ist nur eine jämmerliche Konstruktion der noch jämmerlichen patriarchalischen Gesellschaft, glaubt denen nicht, die meine Legende darauf aufbauen wollen!

Also werde ich noch mal anfangen müssen, sorry, Mädels, sagte Marcsi.

Wie ich es hasse, wenn sie das macht, sagte Terike.

Sie denkt, wir haben Nerven wie Drahtseile, nörgelte Margó.

Also, fing Marcsi von vorne an, das Café Fabula Rasa war auch an jenem Abend brechend voll, und die Stimmung war so ziemlich auf dem Höhepunkt. Alle kamen hierher, obwohl jeder wusste, dass sie es lieber lassen sollten. Der Bär liebte es, seinen Himbeerlikör hier zu trinken, er saß immer in derselben Box, eng an das Reh geschmiegt; der Wolf spielte Tag für Tag Billard mit den Lämmern, versprühte seine schlüpfrigen Anekdoten, und die Lämmer hörten ihm, sich an ihrem Queue festklammernd, ehrfurchtsvoll zu. Der Hase trank seinen Wodka an der Theke mit dem Fuchs, auf dessen Schulter wiederum der Rabe saß und an riesigen Käsestücken pickte; und die Grille trug fleißig die Biere aus an die immer größer werdende Gästeschar, während die Ameise auf einem etwas abgewetzten, herzförmigen Sky-Sofa lag und Zigaretten rauchte und dem fiebrigen Bemühen des Kollegen, mit dem pulsierenden Kundenverkehr Schritt zu halten, anerkennend zusah – alle kamen hierher, die, die zählten, und auch die, die es nur aus Berechnung taten.

He, sagte Terike.

Moment mal, sagte Margó.

Was ist schon wieder, kann man denn hier nicht einmal eine mickrige Fabula zu Ende erzählen?, erregte sich Marcsi.

Wo ist der Zusammenhang?

Welcher Zusammenhang, du Bekloppte?

Na, mit der Roten Emma.

So eine ungeduldige Bande! Soll ich euch die Brücke machen, damit es sofort einen Zusammenhang gibt?! Na gut, dann nur so viel: Dum spiro, spero.

Sie verschränkte ihre runzligen, mit Leberflecken übersäten Arme vor der noch runzligeren Brust, um anzuzeigen, dass sie nun fertig war.

Die anderen schauten nur.

Was ist die Lehre aus dieser Geschichte, fragte streng Oberstleutnantmária die bedröppelt dasitzende Runde.

Ich hab keinen Schimmer, sagte Terike.

Ich auch nicht, sagte Margó, dabei glaubte sie immer alles zu wissen.

Typisch, sagte Oberstleutnantmária. Na, passt auf.

Lehre Numero 1: Freu dich, wenn der Text kurz ist.

Lehre Numero 2: Wenn dein Erinnerungsvermögen kurz ist, nimm deine Hirnpillen.

Hat man so was schon gehört, sagten daraufhin die anderen, und die Stimmung wurde immer mieser. Sollen wir dann gar keine Revolution mehr machen oder was ist jetzt, fragte Terike und ihre Stimme wurde so zitterig, dass man einen Violinschlüssel daran hätte aufhängen können. Ist das alles, was du daraus ableiten konntest, du Tüllgehirn, fuhr ihr Marcsi über den Mund, aber dann drückte sie ihrer Mitbewohnerin liebevoll eine Kopfnuss aufs weißhaarige Bumsköpfchen, und als Finish sang sie ihr noch das Lied mit dem Titel Trallalla aus der quasi nach ihr benannten Operette.

Huch. Das kann man natürlich schwer übertreffen, klagte Terike, aber sie tat dennoch ihr Bestes:

Am frühen Morgen des ersten Juni 1919, der frühmorgendliche Nebel hatte sich gerade erst vom Rasen des Tiergartens verzogen und begann sich in der kühlen Luft aufzulösen, zog Mathilde Jacob fröstelnd ihren weichen, verwaschenen Morgenmantel zusammen. Sie sah aus dem Fenster und dachte, schon wieder ein Tag, den man irgendwie herumbringen muss. Seitdem man ihre Arbeitgeberin Rosa vor vier Monaten ermordet hatte, hatte sie nicht die seelische Kraft, sich nach einer neuen Arbeit umzusehen, aber selbst wenn es etwas gegeben hätte, hätte man die Stelle sehr wahrscheinlich einer anderen Bewerberin gegeben. Seit Rosas Tod war Mathildes Gesichtshaut, obwohl sie erst in ihren Dreißigern war, fahl und pergamentartig geworden, ihr früher dichtes, in einem Dutt getragenes rotbraunes Haar fiel in Büscheln aus, und ihr Blick war so leer wie ihre Speisekammer. Vor lauter Schlafmangel taumelte sich schon regelrecht. Sie kämpfte gegen den Schlaf an, denn wenn sie doch einschlief, wurde ihr Geist von schrecklichen Bildern bestürmt. Sie sah den verzierten Eingang des Hotel Eden, des Hotels, in dem sie Rosa und Karl gefangen gehalten hatten, und das statt einem Eden zu einer wahren Hölle geworden war.

Wenn sie die Augen schloss, sah sie, dass *Freiheit immer auch die Freiheit der Andersdenkenden* ist, die Freiheit der Seele und des Geistes, aber nicht des Körpers, denn der Körper, der arme Körper ist nur ein Stück trauriges Fleisch, eine willkommene Beute für Henker.

Wenn sie die Augen schloss, sah sie, wie am 15. Januar 1919 die Garde-Kavallerie-Schützendivision des Freikorps Rosa und Karl gefangen nahm, anschließend wurden sie von ihrem Befehlshabenden, Hauptmann Waldemar Pabst (1880-1970), zusammen mit Horst von Pflugk-Hartung brutal verhört, bevor er den Befehl zu ihrer Hinrichtung gab. Rosa wurde von Otto Runge (1875-1945) mit dem Gewehrkolben niedergeschlagen, dann tötete sie Leutnant Hermann Souchon (1894-1982) mit einem Kopfschuss. Ihren Körper warfen sie in den Landwehrkanal. Karl wurde im Tiergarten erschossen, sein Körper wurde als namenloser Toter in ein Leichenhaus gebracht.

Aber wenn sie die Augen schließt, sieht Mathilde auch die Zeitungsartikel, die vom Tod der beiden berichten, in denen Worte auf Worte, Bilder auf Bilder, Buchstaben auf Buchstaben folgen:

Sobald die Massen erfuhren, dass Rosa und Karl im Eden gefangen gehalten wurden, zogen sie vor das Hotel, woraufhin die Behörden beschlossen, sie an einen sichereren Ort zu bringen, getrennt. Bei der Abfahrt kletterte ein unbekannter Täter auf Karls Auto und schlug ihm mit einem stumpfen Gegenstand auf den Kopf. Das Auto fuhr mit einem plötzlichen Ruck los, blieb aber in einer dunklen Seitengasse liegen. Karl versuchte zu fliehen und wurde erschossen. *[Musik]*

Bevor Rosa ins Auto einsteigen konnte, das sie wegbringen sollte, wurde sie von einem unbekannten Täter geschlagen. Da nahmen sie ihren Körper und legten ihn ins Auto, das von den Massen am Fortkommen gehindert wurde. Auf das langsam sich dennoch in Bewegung setzende Fahrzeug kletterte ein unbekannter Mann und erschoss Rosa.

Der Direktor des Eden las den obigen Zeitungsartikel den Bediensteten des Hotels vor und setzte beruhigend hinzu: *So ist es gewesen. [Musik]*

Wenn Mathilde die Augen schließt, sieht sie den Buchstabentyp des Artikels.

Deswegen schließt Mathilde, wenn sie kann, nicht die Augen, und wenn sie zum Fenster hinausschaut, sieht sie, dass am frühen Morgen des ersten Juni 1919, der frühmorgendliche Nebel hat sich gerade erst vom Rasen des Tiergartens verzogen und beginnt sich in der kühlen Luft aufzulösen, Männer in schwarzen Mänteln unter ihrem Fenster stehen und an die Tür hämmern. Sie zieht sich hastig etwas an, läuft hinunter zum Eingang, wo die Männer in den Mänteln ihr mitteilen, sie habe sie in die Charité zu begleiten, wo eine aus dem Landwehrkanal gefischte Leiche darauf wartet, identifiziert und seziert zu werden.

Wenn Mathilde die Augen schließt, sieht sie diese Worte: Identifizieren, Sezieren, Charité.

Im Sektionsraum zeigt man Mathilde außer der zerstörten Wasserleiche kleine Stücke Kleidung, einen Handschuh und ein Medaillon.

Mathilde schließt die Augen und sieht dieses Wort: *Ich (er)kenne sie.*

Für Rosas Ermordung wird Otto Runge für zwei Jahre ins

Gefängnis gesperrt, Pabst und Souchon kommen ohne Strafe davon. Später wird Runge von den Nazis für die Zeit im Gefängnis damit entschädigt, dass man die Garde-Kavallerie-Schützendivision in der SA aufgehen lässt.

Zeit verging (nur so), und auf einmal, am 29. Mai 2009 berichtete Spiegel online, dass der Gerichtsmediziner Tsokos im Keller des Medizinhistorischen Museums der Berliner Charité eine Leiche ohne Kopf, Arme und Füße gefunden habe, und die zur Leiche gehörenden Dokumente ließen den Verdacht zu, dass diese die Leiche Rosas sein könnte, und nicht jene, die man als die ihre identifiziert und begraben hatte. Rosa hatte als Folge einer Ostheoarthritis ein verkürztes Bein, der ursprüngliche Bericht erwähnt einen solchen Umstand nicht, beim nun gefundenen Körper kann man das aber feststellen. Der ursprüngliche Bericht beinhaltet noch mehr fragwürdige Details, die Ergebnisse der Untersuchungen am neu aufgefundenen Torso stützen aber die bekannten Umstände des Mordes. Schließlich, um Sicherheit zu haben, entschließt man sich zu einer DNS-Untersuchung. Tsokos und seine Arbeitsgruppe hoffen, DNS-Spuren auf den Briefmarken zu finden, die Rosa per Briefpost verschickt hatte, die sie, wie wir hoffen, mit dem eigenen Speichel auf die Kuverts geklebt hatte. Es stellt sich heraus, dass Rosa stattdessen einen nassen Lappen für diesen Zweck verwendet hatte. Nicht alle lecken alles ab.

Wenn Mathilde die Augen schließt, sieht sie Briefmarken, Speichel und ein großes, leeres Kuvert.

Die Forscher beschließen, eine noch lebende Verwandte Rosas zu suchen, und im Juni 2009 finden sie die 79-jährige Irene Borde, die ihnen einige ihrer Haare anbietet. Im Dezember 2009 wird der Torso seziert und schließlich in Rosas Grab zur letzten Ruhe gebettet.

Wenn Mathilde die Augen schließt, sieht sie einen Torso ohne Kopf, Beine und Arme.

Wenn Mathilde die Augen schließt, sieht sie, dass Mathilde zu diesem Zeitpunkt bereits tot ist.

Aber was hatte Mathilde dann im Sektionsraum gesehen? Und sagte sie, was sie sagte?

Wenn Mathilde die Augen schließt, sieht sie auch die Antwort. Deswegen schließt Mathilde lieber nicht die Augen.

Arme Mathilde! Arme Rosa! Armer Karl! *So ist es gewesen.*

Die anderen blinzelten betreten, schnieften und putzten sich die Nase. Das ist aber schon ein bisschen heftig, oder?, fragte Margó erschrocken.

Das ist aber doch ein bisschen jenseits aller Grenzen, oder? fragte Marcsi ärgerlich.

Also man müsste ja wohl doch ein wenig die Regeln der *vraisemblance* einhalten, oder?, sagten sie beide zugleich.

Sie saßen ratlos in der Laube, wussten nicht, was anzufangen. Denn okay, dass althebräisch und Aschenpudel, aber es sollte auch schon was Glaubhaftes dabei sein, sonst ist es nicht avantgardistisch genug, sagten sie.

Mit euch hat man es aber wirklich nicht einfach, sagte Terike schlecht gelaunt. Soll doch die Gizi Lutz eine Revolution mit euch anzetteln, sagte sie und ließ sich in die Hollywoodschaukel plumpsen. Und wie sie sich so plumpsen ließen und Trübsal bliesen, hörten sie auf einmal leise, irgendwo aus der Ferne:

»Gefangen haben wir aus dem Bache
drei Amper voll Krebse …«

Die drei Greisinnen wurden plötzlich wieder lebendig.

»Die Kanonen auf dem … (*irgendwas*),
Spucken Feuer … (*irgendwas*).«

Sie formten Trichter aus ihren Händen und hielten sie sich ans Ohr. Sie horchten, was ihre Ohren hergaben.

»Dreh dich hin, dreh dich her,
… (*jemand*), Terike, Marcsi,
solang die schelmische Welt sich dreht,
geht's so immer weiter …«

Und da lächelten sie das erste Mal dünn und brachen dann in Gelächter aus, und sie lachten immer lauter und lauter. Denn da wussten sie endlich, was sie zu tun hatten. Sie wussten, wovon sich die schelmische Welt drehen wird. Sie wussten nur eins nicht, nämlich was zum Henker ein Amper ist. Sie hatten es mal gewusst, aber dann hatten sie es wieder vergessen. Aber das gehört schon zu einem anderen Märchen, und nein, wir können uns nicht auch noch dieses anhören, bitte begeben Sie sich hinein, es hat schon zum Abendessen geläutet. Und da hakten sich Margó, Terike und Marcsi beieinander unter und ließen sich mit den anderen zusammen in die Villa mit dem bröckelnden Putz hineintreiben. Und als sie durchs Tor traten, konnte man noch Margós dünne kleine Spatzenstimme hören:

Kann ich morgen ausnahmsweise die Oberleutnantmária sein?

Als nur die Tiere lebten

Wozu. Wozu auch davon noch ein Foto, warum muss von allem ein Bild gemacht werden. Es wird besser für dich sein, wenn du so ein Bild von ihr hast, auf dem gar nicht deine Mutter ist, sondern eine als Tote maskierte Fremde, wessen Nase ist das, wessen Mund, was sind das für Schläuche, wie sieht denn das aus, nein, umsonst hast du mir diese Manie eingetrichtert, dass man immer alles in Alben anordnen muss, schön einkleben in ein Buch, das zähe, auseinanderlaufende Leben darin einrichten, eine kompakte, runde Geschichte daraus machen, Ammenmärchen, wer glaubt das schon, dass man immer nur on top war, immer auf dem Gipfel, wie die Bergsteiger, aber das asthmatische Röcheln, die Fieberanfälle, die Momente der Erstarrung, der Schamesröte, die Lügen, die Überheblichkeiten, die mörderischen Leidenschaften und die Ängste, die lässt man verschämt draußen.

Nein, Madamchen (jetzt kriegst du's wieder!), du bekommst nicht ständig deinen Willen, dachte Anna und lächelte dann, weil auch das eine Redeweise ihrer Mutter war, es kann nicht sein, dass du ständig deinen Willen kriegst, du bist das Kind, ich bin deine Mutter und nicht umgekehrt, darüber hat Anna immer lachen müssen, was ihre Mutter nur noch wilder machte, was gibt's da zu feixen, hör auf, benimm dich, als wärst du normal, daraufhin musste sie noch mehr lachen, sie konnte sich nicht bremsen, obwohl sie einige lahme Anstrengungen in diese Richtung unternommen hatte, aber davon wäre sie fast erstickt, woraufhin ihre Mutter krebsrot anlief und aus dem Zimmer rannte und die

Tür zuknallte, das war ihre übliche Szene, die sie schon so oft gespielt und zu strahlender Perfektion gebracht hatten, dass es sie geschmerzt hätte, sie nicht wenigstens ab und zu vorzutragen, es war wie das Luftholen, wie »Gibst du mir mal das Salz« oder »Lauf schnell und hol Butter«, sie brauchten einander, denn mit wem sonst hätte man so gut geölt, so glühend und zitternd emotional sein können.

Man hat immer nur einen besten Feind.

Die meisten Menschen haben keine Ahnung davon, dass die Antarktis eine kreisrunde Form hat, unglaublich, was man alles nicht weiß von dieser Gegend, noch nicht einmal die grundlegendsten Dinge, murrte Gina, die dafür alles über die Lebensweise der Pinguine wusste. Offenbar hatte schon wieder jemand einen Kommentar auf ihren Blog geschrieben. Süße Gina, die meisten Menschen wissen nicht einmal, was sie glücklich machen könnte, geschweige denn, wie die Antarktis aussieht. Das kam von Alan, der ansonsten ausschließlich zu Unterhaltungen über sein Gebiet, die Ozeane, bereit war. Für einen Moment hoben alle die Köpfe. Dabei denken sie, sie wissen, wie es ist, fuhr Gina ungestört fort, nur weil sie, hier hob Gina beide Hände und machte das charakteristisch amerikanische Zeichen für Anführungsstriche, indem sie Zeige- und Mittelfinger krümmte, nur weil sei einige »dramatische« Bilder von Eisbergen und ein, zwei süßen Pinguinen gesehen haben. Anna, Teuerste, nimm's dir nicht zu Herzen, ich schreibe das nicht aufs Konto der Fotografen, es ist nicht eure Schuld, das heißt, nicht nur eure. Danke für deine beruhigenden Worte, teuerste Gina, mir wurde ja schon ganz ungemütlich. Das war nur scheinbar ironisch, denn Anna wurde es wirklich etwas ungemütlich, wobei dies kaum das geeignete Wort dafür war, wie sie sich, und zwar schon seit Wochen, fühlte. Was macht dich zum Beispiel glücklich, hakte Julie ein, die im Projekt, wie sie gerne sagte, als Landschaftsbearbeiterin die künstlerische Sektion verstärkte und die vom ersten Tag an versuchte, ein Gespräch mit dem schweigsamen Ozeanographen anzufangen. Mich zum Beispiel die Meere, sagte Alan, ohne zu zögern, woraufhin die anderen in wieherndes Gelächter ausbrachen. Alan, ein Abkömmling neuseeländischer Maoris, fuhr sich verlegen, mit einem entschuldigenden Lächeln ins glänzende schwarze Haar. Schnee und Eis standen ihm gut: schwarzer König auf weißem Schachbrett.

Die hellgrünen Fliesen an der Wand hinter dem Bett, das jeden Tag ordentlich gewischte, dennoch hoffnungslos fleckige Linoleum auf dem Boden, die stickige Hitze im Zimmer und hinter dem Fenster, die regungslosen Blätter an den Bäumen des Parks. Ihre Mutter mit einem dünnen Laken zugedeckt, und auch das nur halb, unter dem Laken ist sie vollkommen nackt, glauben Sie mir, sagte die Schwester, so ist es besser für sie, man kann diese Hitze sonst nicht aushalten. Anna entdeckt winzige Schweißperlen zwischen den Brüsten ihrer Mutter, die sich zu einem kleinen Rinnsal zusammentun und auf ihren Bauch hinunterlaufen. Sie kennt den nackten Körper ihrer Mutter, den Körper des anderen zu sehen war bei ihnen kein Tabu, aber Anschauen war auch schon alles, das spricht Anna bereits laut aus, als würde sie zu den grünen Fliesen, zu den Fugen zwischen den Fliesen sprechen. Berührungen gab es nicht. Es gab keine Gerüche, keine Töne, keine Stimmen. Immer nur das auf die Netzhaut einprasselnde Bild des Körpers, wieder und wieder, die bereits hängenden, aber immer noch, quasi herbstlich schönen Brüste mit dem riesigen, bräunlichen Warzenhof mit den kleinen

Erhebungen, besonders wenn sie fror, Hof, auf Russisch dwor, na dware, in welchem Lesetext war das noch mal, und im unteren Bereich des Bauchs ein progressiver, waagerechter Bikinischnitt mit den grätigen Spuren der Nähte, als wäre es der paläontologische Abdruck eines in Stein gemeißelten Tausendfüßlers aus einer Welt, bevor es Menschen gab, als nur die Tiere lebten, sagte die dreijährige Anna, was bei ihr einfach nur »lange her« bedeutete, den gestrigen Tag mit einschloss. Und als ihr all das in der Betrachtung der auf einem zerknüllten Laken liegenden, mit blassen braunen Punkten und blauen Adern übersäten Hand ihrer Mutter einfiel, war ihr, als habe ihre Kindheit, der vergangene Moment, aber selbst dieser jetzige wirklich in einem fernen Raum und einer fremden Zeit stattgefunden.

Deswegen sind die Buckminster-Fuller-Karten, die an platt gefahrene Frösche erinnern, so gut, schwatzte Gina weiter, als wäre nichts geschehen, auf denen wurde endlich auch der Antarktis die Ehre erwiesen, sie so darzustellen, wie sie ist. Die traditionelle Kartographie hingegen ist eine ziemlich vermurkste Sache, oder nicht? Sie verkauft sich als wissenschaftlich, dabei weißt du, dass es nicht stimmt, dass es nur eine schlechte Konvention ist. Und noch dazu ist sie schädlich, denn sie träufelt die Ideologie in dein Gehirn, ohne dass du es merkst. Schau dir die Karten an, auf denen zufällig nicht Europa im Zentrum steht, sondern, sagen wir, Australien. Da schaut's gleich ganz anders aus, nicht? Während sie sprach, schnitzte Gina fleißig weiter an der Eisbank. Auch das hatte man ihnen im Ausbildungslager beigebracht, wie man Stühle, Tische, Bänke aus dem Eis fräsen kann, Iglus bauen und Schlafstellen, hinein ins Eis, alles, was man fürs Überleben brauchte, sollte Überleben notwendig werden.

Sie waren fast schon fertig mit drei Bänken und einem Tisch, auf dem sie ihr Mittagessen zu sich nehmen wollten, an jenem Tag schien funkelnd die Sonne, es wäre schade gewesen, sich das entgehen zu lassen, dennoch war die ungewöhnliche Wärme etwas bedrohlich, und obwohl die Wirkung der globalen Erwärmung auf das Leben der Pinguine eines der Lieblingsthemen Ginas war, konnte man auch noch über andere Dinge mit ihr reden. Zum Beispiel interessierten sie zwischenmenschliche Beziehungen. Gina wurde vor kurzem von ihrer Freundin, einer Klimatologin, verlassen, nachdem sich diese auch für sie selbst unerwartet dort am Südpol in einen Helikopter-Piloten verliebt hatte. Von Zeit zu Zeit flirtete Gina mit Anna, aber nur wie man Tonleitern übt, damit man nicht aus der Übung kommt, sie sah deutlich, dass sich die Anstrengung nicht lohnte. Diese zweidimensionale Methode bringt alles ziemlich durcheinander, setzte Gina fort, als ich ein Kind war, dachte ich auch, der Südpol sei nur ein großer, zerlaufender weißer Fleck am unteren Ende der Landkarte, aber es gibt auch interessante Entwicklungen, neulich hat zum Beispiel ein Australier von einem Projekt erzählt, bei dem sie Radarflieger, Gravitationsmesser und Magnetfeldmesser einsetzen, um die Topographie der unter dem Eis hockenden Landmasse zu bestimmen, fein, was?, wie ein Krimi ist so was, also, diese Abbildungsgeschichte scheint ein ziemlich heikles Unternehmen zu sein, Anna, was denkst du darüber, du große weiße Frau, schließlich bist du die Expertin, was das anbelangt, sagte Gina, deren unendliche Italoamerikanische-Arbeiterfamilien-Energien ständig die im Abnehmen begriffenen Energiereserven der anderen auffüllten, wie ein permanent arbeitender Sonnenkollektor, und ohne Gina hätte sich Anna vielleicht schon in ein Eisbett gelegt und wäre tagelang nicht mehr aufgestanden. Seit zwei

Tagen hatte sie kein einziges Bild gemacht. Gina traf auf die ihr eigene spontane Art wieder ins Schwarze. Manchmal scheint es mir, man braucht kein Messgerät, um zu erfahren, was sich unter dem Eis befindet, sagte Anna ausweichend, vor einigen Tagen habe ich den Kadaver eines Hundes gesehen, der zur Scott-Expedition gehörte, in dieser wahnsinnigen Hitze war das Eis über ihm weggetaut, er hatte sogar noch die Kette um den Hals. Hier liegt der Hund begraben, dachte Anna, als sie ihn sah, aber das hätte auf Englisch nicht so viel Sinn ergeben, also schwieg sie lieber.

Auf dem Karton am Fuße des Bettes eine Aufschrift, 3 part. mat., drei Niederkünfte, partus maturus, Anna liest es immer und immer wieder, wie einen Weltroman, in dem alles drinsteht, wie in den großen Klassikern. Wer hätte noch so kompakt und punktgenau formulieren können, vielleicht die Minimalisten, obwohl, die haben gar keine Großromane geschrieben, das hätte ihrer Ars Poetica sicher widersprochen, sinnierte Anna, die Spitze des Eisbergs, nur so viel soll zu sehen sein!, so kann man natürlich keinen Großroman schreiben, obwohl diese Aufschrift auf dem Kartonblatt schien das gerade zu widerlegen, wer hat das hingeschrieben, welche begabte Schwester, eventuell ein Arzt, na, der hat eindeutig seine Berufung verfehlt, der soll sich irgendwohin zurückziehen, in ein Reservat, und soll schreiben, was die Kelle hergibt, denn wer so was kann, wer so eine dichterische Ader hat, der sollte nicht an Geräten herumfummeln und nicht in Blut und Schleim manschen, nicht an eitrigen Wunden herumdrücken, nicht zwischen Geschwulsten herumfuhrwerken, das können auch andere, so knapp formulieren aber nur wenige, gleichzeitig, dachte Anna, warum ist eigentlich Knappheit so gut, was liebt man daran so sehr, ist es etwa nicht gut, wenn eine Sache anständig auserzählt wird, nicht nur so hingemurmelt, halb verschluckt, sondern sich schön über die Zeit lehnt, wenn wir das so betrachten, schließlich und endlich, war ihre Mutter die größte Minimalistin, darin war sie wirklich unschlagbar. Anna entdeckte es durch Zufall, als sie zwischen alten medizinischen Unterlagen und Fotos wühlte, auf einem Foto von schätzungsweise Anfang der vierziger Jahre.

Ein fremdes Kind, blond, so um die zwei Jahr alt, spielt in einer gestreiften Strandkombination auf einem staubigen Hof irgendwo auf dem Lande.

Wer ist dieses Kind, fragte sie ihre Mutter, siehst du nicht, dass ich zu tun habe, was ein wenig seltsam daherkam, gerade von ihr, die immer alles dokumentieren wollte, zu einer Geschichte schnitzen, in Bilderbüchern und Alben nacherzählen, so und so war es, Hochzeit, Schwangerschaft, Anni wird geboren, Anni geht in den Kindergarten, in die Schule, Anni beim Rezitationswettbewerb, Hochzeitstag, Vater umfasst lachend Mutters nackte Schulter in einem Gartenrestaurant mit Lampions, Auszeichnung, Hervorragender Arbeiter, Verdienter Werktätiger in Gold, Annis Hochzeit (ihre Scheidung allerdings nicht), Sommer am Balaton, Freunde, Kollegen, Verwandte, obwohl von denen nur ein paar geblieben waren nach der *Sache*, aber die Bilder der Großeltern und Urgroßeltern akkurat eingeklebt, Uropi mit seinen geliebten Mitarbeitern, Möbelfabrik Miksa Weisz, Szeged, 1905, die rauschenden Seidenkleider und die Hutgedichte der Uromi, was für ein Blick, wie konnte der Miksa jeden Morgen in die dumme Möbelfabrik gehen und diese Wahnsinnsfrau zurücklassen im Bett, den ganzen Tag ungeküsst, wen interessieren schon die Möbel, sollen die Leute doch in Zelten wohnen und auf Stroh schlafen, ich lasse die Kamilla nicht mehr los, wenn ich sie einmal bekommen habe, ich nehme sie, packe sie, zerre an ihr, knete sie, bis dass der Tod uns scheidet, aber so kam es nicht, sie verhungerten im Pester Ghetto einen Tag vor der Befreiung, das ist nicht im Album, part. mat., Schachmatt.

Das Foto des Kindes konnte Anna später nicht wiederfinden.

Dieses permanent herabstürzende Licht, dieser ewige Tag, als würde er sie ständig auf etwas aufmerksam machen wollen, damit sie es endlich sieht und einsieht, was man sehen und einsehen muss, und nicht immer durch den Sucher der Kamera suchen, Zeit vertun, auf das geeignete Licht und die Form warten. Anna hätte am liebsten geschlafen, den ganzen Tag und die ganze Nacht in dieser ununterbrochenen Lichtflut, in ihrem ganzen Leben hatte sie noch nie so gut geschlafen, so tief und so hingebungsvoll wie ausgerechnet hier, in Schnee, Eis und Licht, denn, um der Wahrheit die Ehre zu geben, schwadronierte Gina, während sie in der Kolonie, zu der sie Anna vor lauter Langeweile begleitet hatte, akkurat das Gewicht der markierten Pinguine notierte, einmal bevor sie losschwammen, um Nahrung zu suchen, und dann noch einmal, nachdem sie zurückgekehrt waren auf die Eisscholle, um der Wahrheit die Ehre zu geben, hat hier ein jeder einen kleinen Schuss, nicht wahr, meine Schöne, denn wer würde schon hierherkommen wollen für Wochen und Monate in die Kälte, das Eis. Also, du bist auch nicht ganz sauber mit deiner Eisberg-Manie, und dass Eisberge wie Menschen sind, und du würdest in Wahrheit gar keine Landschaftsaufnahmen, sondern Porträts machen, was ist das denn für ein abgehobenes Gequassel, ein Eisberg ist ein Eisberg ist ein Eisberg, wer hat das noch mal gesagt, na, egal, stell dir vor, ich würde mich hinstellen und anfangen, darüber zu faseln, dass die Pinguine gar keine Pinguine sind, sondern kleine pinguinförmige Philosophien, also, meiner Meinung nach wäre es die beste Methode im Leben, wenn man nicht versucht, so zu tun, als würde man etwas anderes tun als das, was man tut, wenn du verstehst, was ich meine. Wie in eine eiternde offene Wunde griff Gina schon wieder gnadenlos in etwas Wichtiges hinein, denn als sie mit Robert, dem halbindigenen Schiffsbauer aus Alaska zum Steinesammeln gegangen war, dachte auch Anna dasselbe. Ihr Rücken fing schon zu schmerzen an vom Gewicht der Steine in ihrem Rucksack. Eine Südpolarskua folgte ihnen ununterbrochen, eine Antarktische Raubmöwe, flatterte mit ausdauernder Aggressivität um sie herum, als würde sie sie verjagen wollen, dabei konnte es in der Gegend überhaupt keine Nester geben. Als würde auch der Vogel etwas sagen wollen, als würde die ganze Landschaft sie zu etwas führen wollen, damit es endlich einen Sinn bekam, dass sie hierhergekommen war, ans Ende der Welt, sich gemeldet hatte zum Projekt und man sie, o Wunder, auch akzeptiert hatte, es muss doch einen bedeutsameren Grund geben als nur, dass sie Eisberge fotografierte, das erschien ihr auf einmal ungenügend und lächerlich, sie wollte halt mit irgendetwas das ersetzen, was sie als noch schlimmer als eine Unterlassung empfand, dass sie kein Bild von ihrer Mutter gemacht hatte, damals, und sie dachte, dass sie dort unten dann ein Bild finden würde, eins, das in der Lage sein würde auszudrücken, was Anna empfand, als ihre Mutter nach mehreren Tagen im Koma erwachte und im dunstigen Krankenzimmer auf einmal leise, gut artikuliert sagte, meine Füße frieren, zieh mir Socken an, woraufhin Anna erschrak und wild im Nachtkasten zu suchen begann, bis sie ein Paar hässliche orangerote Frottiersocken fand und diese langsam, akkurat, über die Füße ihrer Mutter zog, die daraufhin zufrieden seufzte und starb, und Anna zur Kranken im Nachbarbett schaute, ob diese auch sah, was sie sah, und die alte Frau sah mit winzigen, erschrockenen Augen zu ihr zurück, das wurde zu ihrem gemeinsamen Geheimnis, auf der Oberfläche des auf dem Nachtkästchens stehen gelassenen, ausgekühlten Spinats hatte sich eine Haut gebildet.

Wusstest du, fuhr Gina sprunghaft fort, dass die Antarktis der einzige Ort ist, wo man Orte nach lebenden Menschen benennen kann, man kann Vorschläge machen, und dann setzt sich der Geographische Rat zusammen und benennt den glücklichen Erwählten, und stell dir vor, ich habe auch einen kleine Insel, das heißt, sie ist nach mir benannt, schließlich komme ich schon seit fast zwanzig Jahren hierher, und als ich davon erfuhr, reiste ich dorthin, zog mir die Hose herunter und die Unterhose, und hab, puff, darauf gepisst, schließlich und endlich bin ich ja eine Biologin oder was.

Mutter mit Hut, einem sommerlichen Mädchenhut mit Bändern. Der Hut ist bunt, aber auf dem Miniaturbild mit dem gezackten Rand ist auch dieser schwarzweiß, ja-nein, und wie einfach noch alles ist, sie lächelt in die Kamera, ahnt nichts, Mutter in einer hohen weißen Konditoreilehrlingsmütze, das blendende Weiß der Kopfbedeckung ergänzt schön das Sahneweiß der auf dem Tablett stolz aufgereihten Patisserien. Mutter mit einer Ausflugsmütze aus Tweed stolz auf einer Felsenspitze stehend, schaut in die Ferne, wie man es bei solchen Gelegenheiten tun muss, »Andenken an Sovata«, Mutter mit einer Schirmmütze, mit ihren Freundinnen, schwungvoll, Arm in Arm schreiten sie über den Hauptplatz der Stadt, Miklós Seidler, Straßenfotograf, Szeged, Mutter in einem festlichen Spitzenkopftuch, steht unter einem prunkvollen Zeltdach, neben ihr ein fescher, sympathischer junger Mann mit gestickter Kopfbedeckung, Mutter mit einem Bauerntuch, als wäre sie gar nicht Mutter, sondern jemand, der in Mutters Gestalt das Leben von jemand anderem lebt, und ihr ratloser Blick scheint auch genau das auszudrücken, Mutter auf dem Weg zur Arbeit mit einem Stenographie-und-Korrespondenz-Hut, graues Kostüm, schwarzes Ridikül, sogar der Hutrand drückt Entschlossenheit aus, dass wir jetzt also von vorne beginnen, wir haben noch eine Chance bekommen und packen sie beim Schopfe, Mutter mit einem zurückhaltenden, ausgesprochen für Arbeiterinnen empfohlenen Hochzeitshut, aber ihre Augen leuchten dennoch darunter hervor, man sieht ihrem Blick das Dennoch an, den Glanz des Dennoch und die Verwunderung, Mutter auf einem Betriebsfest in einem bescheidenen Kolleginnenhut, und dann auf einmal taucht ein bunter, breitkrempiger Hut aus einer anderen Welt auf, ihre Augen von einer riesigen, schmetterlingsförmigen Sonnenbrille verdeckt, aber man sieht ihrer Kopfhaltung auch so an, wie erleichtert sie darüber ist, herausgekommen zu sein, im Hintergrund eine Kaffeeplantage, Mutter mit einem bunten Kopftuch mit Papageienmuster, den Kopf hält sie gesenkt, sie schaut zu ihrem sich wölbenden Bauch, und hier ausnahmsweise mal barhäuptig, die Haare in einen engen Knoten nach hinten gezogen wie später nie mehr, auf ihren geschlossenen Knien liegt in einem Wickelkissen ein Neugeborenes, aber sie macht keinerlei schützende Geste, ihre beiden nach oben gerichteten Handflächen liegen ohnmächtig, beinahe um Hilfe bittend auf ihren Oberschenkeln, als würde sie nicht verstehen, wie dieses kleine Paket dorthin gekommen war, und vor allem, was sie jetzt mit ihm anfangen sollte, Mutter mit Strohhut, den Blick auf das schäumend wogende Meer geheftet, wie damals, als sie Anna einmal ans Ufer in der Nähe ihrer Wohnung mitgenommen hatte, vielleicht war es am Wochenende, denn ungeheure Massen drängen sich am Strand, wenngleich dieser Uferabschnitt auch an Werktagen nicht gerade menschenleer zu sein pflegte, sie muss unaufmerksam gewesen sein, denn Anna fand sich während des Spaziergangs plötzlich verloren, sie sah ihre Mutter nirgends, sie mag sechs oder sieben Jahre alt gewesen sein, sie geriet sofort in Panik und ging unter himmelschreiendem Geheul über das Ufer, gutmeinende Erwachsene fragten sie, wie ihre Mutter aussähe und wo sie zuletzt zusammengewesen seien, und da sah sie sie plötzlich, sie stand mit dem Rücken zu ihr, und Anna blieb vor Freude und Erleichterung die Luft weg, sie näherte sich ihr, ohne dass sie einen Ton hätte sagen können, ihre Mutter schluchzte, und bevor sie Anna bemerkt hatte, sagte sie immer wieder: »Mein Gott, sogar hier noch, sogar hier noch?!«, aber worauf sich diese Worte bezogen, davon hatte Anna keinen Schimmer, der Kopf ihrer Mutter mit einer schwarzen Mantilla bedeckt wie bei einer spanischen Donna, auf dem Begräbnis von Don Ernő, unter anderem Namen Vater, an einem Nachmittag im Spätherbst steht sie auf einem winzigen Friedhof im Donauknie, fallende Kastanien klopfen auf die Grabsteine, er wird die Aussicht mögen, sagte Mutter, buena vista, sie sprach sieben Sprachen, aber sie sagte nichts, sowie hasta la vista, aber das bereits auf Ungarisch, viszontlátásra, sagte sie, während sie eine Hand voll Erde auf den Sarg warf, woraufhin Anna sie verwundert ansah, das muss ein Missverständnis sein, dachte sie, sie glaubten doch nicht an so was, wenn sie überhaupt an etwas glaubten, denn den Gott, der *das* zugelassen hatte, hatten sie schon in einem anderen Zeitalter dem Wind überantwortet, Mutter in einer Pudelmütze auf die Hälfte abgemagert im Park des Sanatoriums auf dem Kékes-Berg, die Trainingshose hängt schlaff an den Schenkeln, als hätte sie die abgelegten Klamotten von jemand anderem an, aber selbst so noch beugt sie, sobald sie die Kamera sieht, routiniert ein Knie, so wie früher, als sie auf dem Weg zu einem Empfang in einem dekolletierten Abendkleid sich auf dem Marmorfußboden des Wohnzimmers stehend in Pose warf, und hinter ihr sind durch das Fenster Palmen zu sehen, die Brillengläser mit den vielen Dioptrien vergrößern ihre Pupillen unter der Pudelmütze, dadurch sieht sie so aus, als hätte sie einen Geist gesehen, wie jemand, der sieht, was bald kommen wird, ihre unbemalten Lippen öffnet sie ein wenig, als würde sie sich wundern, dass sie wirklich sieht, was sie sieht, und hier sann Anna einen Moment lang nach: Wie war eigentlich der Mund ihrer Mutter?

Schließlich, dachte sie, ist der Mund der Mütter von recht mannigfaltiger Form.

Die Lippen können weich sein, voll, fleischig, zart, sinnlich, sie können bis zum Weißwerden angespannt, nervös zusammengepresst sein; fröstelnd lila; streng, wie Messers Schneide; sie können Lippenstift drauf haben oder nicht, aber auch innerhalb dessen können sie vielfältig sein, abhängig davon, wie sie bemalt sind und wie nicht: sie können, um nur einige Beispiele herauszugreifen, festlich geschminkt sein oder für Empfang-Abendessen-Theater-Soirée, fürs Flirten bereit und in den verschiedensten Schattierungen von Rot prangend, sie können für Amtsgänge, zum Beispiel um Protektion bittend, geschminkt sein, diskret oder mittelmäßig, für Arbeitsmittagessen gefärbt sein oder um die Anspannung zu lösen beim Abholen wichtiger Befunde, und wenn sie ungeschminkt sind, können sie es sportlich sein, beim Herauskommen aus dem Schwimmbecken oder sich selbstvergessen ins Meer werfend, sie können ungekämmt, verschlafen, frühmorgendlich ungeschminkt sein, wenn sie endlich ihr richtiges Gesicht zeigt, sie können im Hospital, krank oder nur mal schnell ohne Lippenstift Brot holen gegangen sein, aber sie können auch aus Trotz ungeschminkt sein, sie wird sich doch nicht für *die* anmalen, mit einem Wort, es ist quasi unmöglich, alle Zustandsmengen von Lippenstift und Kein-Lippenstift aufzuzählen, diese unendlich feine Zeichensprache mit dem Anspruch auf Vollständigkeit zu kartographieren, eins schien allerdings nun sicher zu sein: Anna erinnerte sich nicht an den Mund ihrer Mutter, an die Form kaum, aber an die Konsistenz nun endgültig nicht.

Am nächsten Tag, als sich die Möglichkeit ergab, mit dem Helikopter zu fliegen, bot Robert an, Anna nach Evans zu begleiten, in die Terra-Nova-Hütte von Scott, denn bis dahin hatte sie nur die Nimrod-Hütte der Shackleton-Expedition gesehen. Unterwegs erzählte Robert, dass er ursprünglich Tierarzt gelernt hatte in Texas, aber als seine Ehe in die Brüche ging, wollte er so weit wie möglich weg von zu Hause, so war er nach Alaska gezogen. Das Einzige, was er bedauert, sagte Robert, ist, dass er seine Tochter nur selten sieht, sie ist auch schon erwachsen, lebt mit ihrer Familie in Kalifornien, sie haben zwei kleine Kinder, unglaublich, sagte Robert nachsinnend, dass ich Enkel habe, und du, fragte er Anna, hast du eine Familie, meine letzte Verwandte ist letztes Jahr gestorben, sagte Anna, und sie war selbst überrascht, mit welcher Leichtigkeit sie dieses neutrale Wort, Verwandte, aussprach. Scheinbar hat hier fast jeder eine unvollständige Familie, wenn überhaupt, sinnierte Robert. Komm, schau dir die Ställe an, und hier, sagte er, während er auf einen Eishügel hinaufstieg, hier bekomme ich immer Gänsehaut, wenn ich daran denke, dass ich an derselben Stelle stehe wie Mawson auf jenem berühmten Foto. Als sie die Hütte betrat, wunderte sich Anna, wie anders als die Nimrod sie war, viel größer und von den vielen zurückgelassenen Gegenständen, den erfrorenen Spuren des Lebens viel gespenstischer als die andere Hütte, mit einer großen Küche und allen möglichen Küchenutensilien, mit einem Laboratorium und mit Pontings Fotolabor, in dem er offensichtlich auch schlief, es thronte sogar ein ausgestopfter Pinguin auf dem Tisch und die ganze Hütte war voll mit Regalen, Nischen, Kisten und Gegenständen, als würde der Raum nur darauf warten, dass jemand kommt und alles wieder in Betrieb nimmt. Am längsten hielt sich Anna vor einem Spiegel auf, der an der Wand hing, die Beschichtung war kaputtgegangen, so dass er nichts mehr zurückwarf, und dieses Nichts ließ Anna nicht los, denn plötzlich hatte sie das Gefühl, der Spiegel hätte etwas mit dem zu tun, was Gina ihr tags zuvor gesagt hatte, dass sie nicht versuchen sollte, etwas anderes in den Dingen zu sehen, sondern sie als das sehen sollte, was sie sind, und dann zeigte Robert Anna die versteckte Stelle an der Wand neben einem der Liegeplätze, wo einer der Typen die Namen der bis dahin Gestorbenen aufgeschrieben hatte.

Wenn es einem nicht gezeigt wird, sagte Robert, kommt man nie darauf, dass das dort ist. Da fiel es ihnen plötzlich ein, wie spät es schon war, und wenn sie sich nicht beeilten, würden sie den Rückflug und den abendlichen Vortrag auf der Basis verpassen. Als sie aus der Hütte traten, sahen Anna und Robert, dass sie nichts sahen. Während sie in der Hütte waren, hatte sich der Himmel bewölkt und das durch die dichte Wolkendecke dringende gefilterte Licht ließ die Definition der Eis- und Schneefläche vollkommen verschwinden, es war unmöglich, Entfernungen abzuschätzen, die Landschaft war zu einer einzigen zusammenhängenden, im Zwielicht schimmernden grauweißen Masse geworden, der Horizont war verschwunden, es gab kein Oben und kein Unten mehr, die Haufen und Abhänge verschwanden, ja sogar die Oberfläche von Schnee und Eis verlor sich in den wechselnden Weißtönen, der Vordergrund war grauweiß, der Hintergrund glänzender, heller. Es gab da nichts, nur Licht und Raum, als sie dort in diese glänzende antarktische Sommernacht starrten. Irgendwo in der Ferne war der rauchende Mount Erebus, irgendwo war die unendliche Ebene des zugefrorenen Ross-Sees, aber sehen konnten sie nur das Glitzern der von den Sturmwolken auseinandergewehten Eiskristalle. *White-out*, sprach Robert den gelernten Fachbegriff aus, und Anna nickte, auch das wurde ihnen im Ausbildungslager beigebracht, und auch, was man in so einem Fall tun muss, wenn man draußen im Eis von diesem seltsamen, erschreckenden Naturereignis überrascht wird, da es sie aber gerade an der Hütte erwischte, drohte ihnen keine besondere Gefahr, sie mussten warten, bis es vorbei war und sie sich auf den Weg machen konnten, zurück nach McMurdo, auf die Basis.

Komm, sagte Robert, lass uns reingehen, wozu draußen frieren, aber Anna stand weiter unbewegt in der Tür der Hütte. Sie war nur und ausschließlich wegen dieses Moments hierhergereist, nichts, was sie bis jetzt gesehen und erfahren hatte, zählte, weder die Eisberge noch die Menschen, weder die Legende von Kapitän Scott und seinen Leuten noch die Tierwelt der Gegend, plötzlich kam ihr alles andere unbedeutend vor, eine bloße Sehenswürdigkeit. Ohne die Augen vom wirbelnden Dämmern zu nehmen, nahm Anna ihre Kameratasche, hob den seit Tagen unberührt herumgetragenen Apparat heraus, nahm den Linsenschutz ab, hielt sich das Gerät vors Auge und schoss das eine Bild, das in der Lage war, die furchteinflößende und dennoch ruhige, alles verschluckende Weißheit jenes Augenblicks vor einem Jahr im Krankenhaus wiederzugeben, als die Farben verschwanden, die Gerüche, die Töne, als der Raum verschwand und damit auch alles andere zurückfiel in jene einzige, unbekannt bekannte Zeit, als nur die Tiere lebten.

Inhalt